可 以 有 诗

你是一条河

سەن بەينە دارياسىڭ

تۇرسىن جولىمبەت قىزى

哈依夏·塔巴热克 —— 译

吐尔逊·卓伦别特 —— 著

图书在版编目(CIP)数据

你是一条河/吐尔逊·卓伦别特著;哈依夏·塔巴热克译.—杭州:浙江文艺出版社,2023.1
ISBN 978-7-5339-7037-6

Ⅰ.①你… Ⅱ.①吐… ②哈… Ⅲ.①诗集-中国-当代 Ⅳ.①I227

中国版本图书馆 CIP 数据核字(2022)第 217781 号

策划统筹	曹元勇
责任编辑	易肖奇
营销编辑	耿德加　胡凤凡
责任印制	吴春娟
装帧设计	道　辙 at Compus Studio
数字编辑	姜梦冉　诸婧琦

你是一条河

吐尔逊·卓伦别特　著
哈依夏·塔巴热克　译

出版发行	浙江文艺出版社
地　址	杭州市体育场路 347 号
邮　编	310006
电　话	0571-85176953(总编办)
	0571-85152727(市场部)
印　刷	上海盛通时代印刷有限公司
开　本	850 毫米×1168 毫米　1/32
印　张	7
插　页	10
版　次	2023 年 1 月第 1 版
印　次	2023 年 1 月第 1 次印刷
书　号	ISBN 978-7-5339-7037-6
定　价	69.00 元(精装)

版权所有　侵权必究

作者与丈夫沙哈提·贾依帕克
年轻时的合影

二十世纪七十年代，作者与丈夫
　　在北京天安门广场

二十世纪八十年代,作者与丈夫在乌鲁木齐

作者与丈夫在北京的家中

作者（中）与长女玛依古丽·沙哈提（右）、次女嘉娜·沙哈提（左）

作者与长孙艾多斯·阿曼泰讨论他长篇小说的哈萨克文译稿

作者在聚会上朗诵自己的诗作

作者在北京郊外的马场

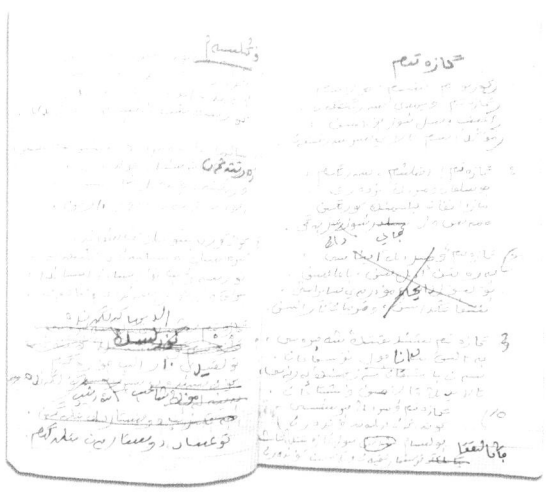

作者的部分手稿

散文集《情感轨迹》　　　　　诗集《我》

目　录

《你是一条河》译序 | 哈依夏·塔巴热克　001
吐尔逊·卓伦别特其人其诗 | 艾多斯·阿曼泰　012

你是一条河　019
故乡　021
与岁月一起飞扬的梦想　028
我　033
无异　037
瞬间分裂　041
致孙女艾曼　046
黑山上走来迁徙的队伍　047
最后一场雪　052
高低之判　056
我如是说　057
大河流不尽　060

七十岁来临之际	062
第六次登上长城	064
新年到了	068
悔恨又有何用	070
记者	072
这就是我们	075
五十岁感想	080
六十岁灿烂的黎明	085
读者自会筛选	087
身为哈萨克人不会哈萨克语	089
泉水的秘密	092
我出生的大山	094
故乡	098
阔克托别	103
恼火	106
致舞蹈家	109
话语	111
五月的风景	113
森林遐想	116
眼睛	118
故乡	121
我的树苗	123

岁月	125
白天鹅	128
我的报纸	136
我的首都	138
乌鲁木齐	141
时间	143
山（一）	145
赞美男子汉	147
山（二）	150
致塔尔巴哈台	152
我是记者	155
心声	158
火一般燃烧的心	161
我的孙女艾曼	165
秋天	167
亲爱的母亲	169
岁月之谜	171
都是同一个人	172
向可可托海致敬	174
黄昏	177
年轻时谁会祈求幸福	179
理想	181

电波	183
岁月的考验	188
致年轻的夫妇	190
婚礼正在进行	193
苦涩的遐想	196
我的家	198
生活	200
那些日子	202
春天来了	204
心中的孙子	207
读诗	210

后记 | 沙哈提·贾依帕克　　213

《你是一条河》译序

哈依夏·塔巴热克

一

一切都开始于1951年那个明媚的夏天。吐尔逊·卓伦别特清楚地记得,在那个夏天,有四五个人骑着高头大马,在各个游牧点来往穿梭,告诉人们秋天这里将要开办一所小学,招收七岁到十五岁的哈萨克孩子们去读书。这对世世代代在大山中游牧搬迁的哈萨克人来说,是破天荒的事情。那一天,那些人也来到了吐尔逊的家里。经过一番商谈,母亲江娥勒德克答应秋天开学的时候送她去上学。当时,她欣喜万分,感动地搂着母亲洒下了热泪。

在此之前,村里的几户富人曾经请来一位毛拉海依德尔给自己的孩子们教书。吐尔逊是穷人家的孩子,没钱读书。好在自己家与海依德尔家是邻居,她经常悄悄来到他家毡房后边,跟着屋里的孩子们一起读一起学,下课后,还会从自己的小伙伴巴提西那里借来她的书本，抄下所学字母和词语。就这样，在这座荒蛮沉寂的大山里，吐尔逊竟然成了一个识文断字的人。

那年的秋天进入学校之后，由于任教的人也是一位毛拉，而他有许多社会性事务要去忙，所以有时没人上课。这个人就委托吐尔逊给孩子们教字母。这是多么神奇的事情！吐尔逊这么一个少女竟然站在小小的讲台上，给天天在一起玩耍的小伙伴们上课。那时，不知她有多么的自豪。后来学校有了毕业于师范学校的老师，她又成为学生，而且是门门功课都很优秀的学生。后来，她的四个妹妹都陆续入校读书，且个个学业优秀。

母亲为了让孩子们就近读书，干脆把家搬到了学校附近。而吐尔逊唯一的弟弟乌若斯特姆是一个识文断字、多才多艺、勤奋努力的人。对几个妹妹来说，他既像兄长，也像父亲一样呵护她们，让她们成了有知识的人。

人民当家作主的新时代、开明豁达的母亲、忍辱负重的弟弟让吐尔逊沐浴着解放的春风，学习知识，如鱼得水。后来她曾经对我说，那时前来招生的人说的那句话，给她带来了一线希望。

那个时候，这个小小的哈萨克少女像一条欢快流淌的小溪。

二

中华人民共和国成立初期，新疆牧区还没有建立起新的社会秩序，老旧的官吏们将当地人分成了不同的部落加以管理。

一个秋日，这里的人们传说政府派人来了，要在小学校召开大会。到了开会的那一天，山里的哈萨克人不分男女老幼，或乘骑或徒步，从每一座山、每一条谷来到了小学校。他们在这里听到了一个非常新鲜的词：选举。因为县里要召开人民代表大会，所以需要从这里选出代表去参加。吐尔逊说许多年过去后，她依然记得在会上第一个讲话的那位解放军军官的外表——中等身材，面目清秀，双眼炯炯有神。他的话由一名翻译译为哈萨克语，所有人都聚精会神地聆听着，他们每一个人脸上都有一种庄重的神情。这期间，有一个叫作别克波森的人站起来推荐吐尔逊，说她有文化、有胆子，可以当人民代表。他的建议得到了大家的一片掌声。对此，吐尔逊的外祖母表示反对，但吐尔逊的母亲思索了片刻后，同意长女去当代表。就这样，吐尔逊与这里的十几个人骑着马，去参加县里的人民代表大会。大会期间，她被推荐发言。这个具有一定的文化知识、初生牛犊不怕虎的牧区少女勇敢地上台发言，说出了哈萨克人民的肺腑之言，获得了掌声。

会后，她被推荐去新疆干部学校学习，母亲考虑再三，再次送她去上学。一个只有小学二年级文化水准的人在那里跟来自全疆各地的 2000 多名各族学员一起学习，尽管很吃力，但不服输的吐尔逊学习非常刻苦，并顺利毕业。她在那里不仅学到了知识、看到了一个崭新的世界，更可喜的是碰到了自己终身的伴侣——沙哈提·贾依帕克。

二十世纪九十年代的一天，我去看望吐尔逊夫妇。我去了之后，她迫不及待地让我看了自己早已准备好的一个小小的纸条，上面写着几个字：亲爱的吐尔逊，我来找你，你不在，想你。落款是沙哈提·贾依帕克。我心中顿时起了波澜，便问她，这是什么时候写的？她说是 1956 年夏季。我惊呼道："几十年了！你还保存着呀。"她则回答："当然，我会保存一辈子。"我不知道有这样的一个恋人，一个丈夫的女性有多么的幸福与踏实，但知道的是在那些年以及后来的岁月里，我们的这位母亲就像一个受到宠爱的老公主。她写诗，沙哈提叔叔是最好的编辑；她化妆打扮，沙哈提叔叔是最好的参谋；她请客，沙哈提叔叔是最好的帮手。沙哈提叔叔是我见过的最有胸怀、最有奉献精神、最具专业编辑水平、最能呵护妻子、最能以自己的行为去影响子女的一个人，所以他们的夫妻感情最牢固最甜蜜，他们的子女，包括他们的孙辈，都是具有广博的胸怀、悲天悯人的精神、博学多才的专业追求的人，令许许多多的人都羡慕不已。

当年那条流出山间的小溪在这里又碰到了另一条小溪，并汇成了一条小河。

三

1956年，吐尔逊从昌吉州委机关调入了新疆日报社工作，与之前的同学沙哈提成为同事，之后又成为伴侣。但一切辉煌才刚刚开始。

从那时到1992年退休，她在新疆日报社前后工作了二十五年，又在中央人民广播电台哈语编辑部工作了十五年。她在这两个单位都是记者，走遍了大江南北，走遍了新疆的山山水水，与各民族的学者、公务员、农民、牧民、工人等等劳动者促膝谈心，了解他们所追求的事业、遭受过的痛苦、所获得的成绩，写出了无数篇脍炙人口、令人感慨落泪的人物通讯。在一次长谈中，她告诉我，面对无数劳动者的奋斗以及他们勇敢无畏的奉献精神，你会感觉自己很渺小，不会再去在意自己所遇到的烦心事儿，你会从他们身上获得精神滋养和前行的力量。"我采访报道过的许多人都感谢我，年轻的记者们问我是如何打动他们的，我的回答是，他们先深深地打动了我。"

1998年的一天，一位长辈带给我一张哈文版的《新疆日报》，第三版整版刊登了吐尔逊写的人物通讯——《金桥》，主人公就是我。我拿起报纸通读了一遍，然后思索了片刻，这才知道自己确实做了一些工作，同时也开始慢慢认识自己，并端正前行的方向。在漫长的岁月里，她就像另一个母亲一样关心我、呵护我，几乎每一个月都要打来电话询问情况，因为在她的心中，我这个工作狂肯定会熬坏眼睛，肯定会生病，肯定劳苦不堪。我也记得时时与她联系，汇报工作。每当有了些许成绩，我总是第一时间告诉我自己的母亲与吐尔逊，忘不了她的深情祝福，忘不了她的欢笑。她去世的时候我在国外，听到噩耗我放声痛哭，不断说着一句话："以后谁来疼爱我？"

许多被她报道过的人、受到她影响的人都非常钦佩她，都传颂着她的事迹，赞赏她的高风亮节，以及她荣辱不惊、踏实勤奋、刚正不阿的高尚情操。他们与我一样都情不自禁地汇入了吐尔逊这条大河，并一路奔腾向前。

在漫长的四十年间，她获得过许多奖励，但她很少在意这些奖状奖杯，因为她知道在以后的路上依然鲜花开放、灿烂一片。好在沙哈提叔叔一直非常仔细地收藏着她的这一类奖品，并如数家珍地告诉亲友。

1998年，吐尔逊大病一场，做了手术，身体非常虚弱，我很担心，常去看她。没有想到的是之后她又健康地生活了二十多年。我在心里常常琢磨，这是为什么？后来有所感悟：她的心里永远装着美好的事物、美好的人物、美好的希望，她的眼睛对龌龊丑陋视而不见，那些东西无法侵蚀她的灵魂，所以她是长寿老人。从这一点来说，我们不能忽视美对一个人的精神滋养。

她是一条充满着审美情趣的大河。

四

吐尔逊还是一位诗人。

我常想，她要工作，要养育孩子，要做家务，要处理各种关系，够忙的，为什么还要写诗？我从年轻时代就开始与她交往，常阅读她的诗歌，也慢慢地悟出了其中的奥秘。我想，在这个世界上，许多人都是非常孤独的，他们的心灵独自漂泊，或寻觅或逃避，实际上他们非常渴望交流，写诗可以让人们安放孤独的灵魂，让人们互相看到对方，获得慰藉与温暖。此外，在生活的劳顿中，我们的心灵变得越来越粗糙，变得麻木不仁，我们需要用诗歌的柔情与力量来化解这样的无奈与痛苦。那些与我们内心契合的诗歌可以成为我们相依的精神支撑，成为我们前行的滋养。这也是吐尔逊写诗的原因吧。

她的诗歌情感饱满、文字优美、富于感染力，充满了对这个世界、对大自然、对伟人、对亲人的深情与崇敬。我汉译她的这部诗集——《你是一条河》，只用了短短三十六天！就因为这些诗歌以及诗人的精神感动了我，而且她的诗句很容易汉译。她在《我》这首诗歌中这样写道：

我是这大山的后代/我是这山中绿色的芦苇/我今天快乐的生活/恰似大山一般安稳……我的群山啊/松林是你背上的长矛/什么样的乌云没笼罩过你的雄峰/尽管怯于光打雷不下雨的轰鸣/就算历经人间百味/我从未破罐破摔/因为我从你的岩石学习到坚强/山路是这样曲折坎坷/我不能说自己不会经历挫折/但我在摔倒的地方找到幸福的钥匙/然后站立走来/我的意志像岩石般坚强/我的心儿从你的鲜花那里/学会了温柔

她在另一首诗歌《亲爱的母亲》中怀着啼血的悲痛这样写道：

你的身影像松树一般挺拔/你的性格像挂在誓言上的利剑/回忆你度过的八十年生涯/别说是我，山也会恸哭/亲爱的母亲，不知在八十年的岁月中/你多少次欢笑，多少次哭泣/受到生活无情的打击/不知你多少次跌倒，多少次站立我想，在她这条大河里，不知有多少孤独的哈萨克人获取了心灵的滋养和前行的力量。不知有多少小溪融入了这条大河。

五

在漫长的生活中，我悟出了一个道理：那些天天逼着孩子抓紧学习、参加各种各样的培训班，不停地唠叨"你要成为有用之才"的父母，培养出来的孩子长大后不一定成为栋梁，反而有可能成为累赘。要想让孩子成才，父母别去拔苗助长，而要做个样子给孩子看。父母优秀，孩子才会耳濡目染，才会认为生活中就需要像父母一样踏实学习、老实做人。这一点在沙哈提和吐尔逊夫妇的孩子们身上得到了应验。他们的儿子阿曼泰·沙哈提服兵役回来后在民族出版社工作，后来担任了哈文编辑部的主任，又担任了民族音像出版社社长等职务，做了许多有益的工作。儿媳古拉毕娅·伊尔马克1983年毕业于西北建筑工程学院暖通空调专业，从事建筑设计工作三十多年，并取得了高级工程师和注册公用设备工程师职称。他们的长孙艾多斯·阿曼泰现为美国纽约州立大学宾汉姆顿分校历史系博士生，2007年出版个人诗集《最完整的碎》，2013年出版长篇小说《艾多斯·舒立凡》，2016年出版小说集《失败者》，2018年出版童话作品《萨丽娜的梦》。他的许多文学作品发表于国内的文学期刊。孙媳妇沙丽玛·塔林巴依博士毕业于北京大学环境科学与工程学院。

他们的长女玛依古丽·沙哈提，在新疆人民广播电台制作部担任技术工程师，曾荣获很多奖项。长女婿乌玉穆罕·居马汉大学毕业后在新疆大学从事外国文学教学三十余年，任副教授。他担任过新疆大学中文系哈萨克语言文学教研室主任，从教期间编写过五部外国文学方面的教材，在各类学术杂志上发表过十几篇研究论文。

他们的大孙女艾曼·乌玉穆汗毕业于北京理工大学，现在在乌鲁木齐市工作。孙子艾波·乌玉穆汗，2013年毕业于新疆师范大学，之后在中国人民解放军海军部队服役，后来到乌鲁木齐市航空公司工作。

这些儿女子孙够优秀了吧，简直令人眼花缭乱，但大头还在后面呢。是谁呢？吐尔逊、沙哈提夫妇的小女儿嘉娜·沙哈提，一个响当当的名字！她毕业于莫斯科国立电影学院导演系，后考入该校电影文学系完成研究生学业。这位著名女导演的主要作品有电视连续剧《钢铁是怎样炼成的》《走向共和》《军人机密》《恰同学少年》《大明王朝1566——嘉靖与海瑞》《春秋淹城》《黎明前的暗战》《毛泽东》《秋收起义》《共产党人刘少奇》《大浪淘沙》，以及一些故事片。她被誉为中国红色题材影视剧导演专业户。她的作品曾获得"五个一工程"奖、中国电视剧飞天奖、全国优秀电视剧奖、全国十佳电视制片优秀电视剧等奖项。看着这些影视作品,再看看她优雅的气质、美丽端庄的相貌,你就会知道什么是完美。她身上既有父亲的从容踏实与博学多才,也有母亲的激情荡漾与诗人情怀。

所以我一直认为吐尔逊·卓伦别特——我们敬爱的母亲就是一条河,她带着我们,带着许许多多的人奔跑在追求美与真理的路上。这条河永远流淌在我们的心中。

吐尔逊·卓伦别特其人其诗
——追忆我的奶奶

艾多斯·阿曼泰

如果奶奶在天有灵,得知自己的诗歌被翻译为汉语出版时,不知会有怎样的反应,因为奶奶每当被称为诗人的时候,都会急忙解释自己是个记者,只写点散文、通讯,诗歌写得很少,诗人不敢当。有意思的是,越是如此,爷爷向客人介绍奶奶时,就越会很隆重地说她是著名诗人。此时奶奶就会像小姑娘一样很恼怒,当众发脾气,数落爷爷,而爷爷开心得像孩子似的,笑个不停。爷爷每次总会很认真地答应说不再介绍她是诗人,但到下一次依然故技重演。依然是恼怒,依然是笑声,但这让童年的我很是迷惑:奶奶到底是不是一位诗人呢?

我第一次得出明确的结论是约莫十二岁的时候。在火车上,我们共同望着戈壁上的落日。我用自己的"塑料"哈萨克语解释着王维的"大漠孤烟直,长河落日圆",但奶奶却用类似吟唱的语调吟诵着哈萨克的诗句。很遗憾,当时我并不太能够听懂,但哈萨克诗歌绵绵不断的韵律搭配着火车轧过轨道时铿锵的响声，成为我童年最深的回忆。很可惜，我始终没有办法用哈萨克语传递好王维的诗，但哈萨克的诗歌，作为与汉语诗歌不同的存在与文化成果，这种概念却印在了我的心间。

奶奶之所以那么推让自己的诗人身份，乃是因为诗歌在她心目中有崇高的地位，就像诗句中所写的那样，"我遇到诗歌的帝王/万般无奈，我无法交谈"。但不仅在爷爷心中，在许多哈萨克的读者眼中，奶奶或许都是当之无愧的诗人。而随着汉语译本的出版，我想更多其他民族的朋友和无法读懂哈萨克语诗句的本族朋友，都会有自己的答案。

为此要衷心地感谢哈依夏老师辛勤的翻译工作！

奶奶诗歌的主题主要集中在故乡、工作、家庭和对岁月的体悟。

我去过奶奶童年成长的地方，我们曾一起休憩在一棵大树之下，她和我讲自己童年就坐在这棵大树的树荫之下。我曾经十分诧异，奶奶能够在离家那么多年后，对家乡的每一棵树都了如指掌。这种态度贯穿在她的诗作之中。很有意思的一点是，山并不像其他文学作品中被呈现的那样，成为文明的反面。在奶奶的诗歌中，山成为文明的力量。奶奶自称是"山的女儿"，是长在这里的"山中绿色的芦苇"。奶奶从山这里学习了岩石般的坚强，从故乡的鲜花那里"学会了温柔"。正是从"大山"那里学习到的气质，才让她从一句汉语都不懂的少女，成长为新中国第一位哈萨克女记者。在收音机的电波里，奶奶聆听着故乡，和故乡相联；甚至在长城之上，最触动她心弦的也是一只可怜的骆驼。奶奶的心时刻和故乡在一起，这也是了解她这个人以及她的诗歌的根源。此外，奶奶的诗歌在二十世纪七八十年代就格外关注了环保的议题，在那个时代也算是超前，她希望通过工作的笔去保卫故土的环境。

奶奶有好几首诗歌都是写给记者这份工作的。诗言志，这样的传统，在哈萨克文化中也并不例外。当表达对记者的赞美的时候，奶奶其实也在表达自己的追求。有许多的诗歌是她在工作采访中写下的，比如《向可可托海致敬》。在歌颂劳动者的同时，作为记者的她跃然纸上；当二者之间在进行对话，在用诗歌"报道"的时刻，作为诗人的她也是诗中无法磨灭的生动的存在。记者的工作让奶奶有了很深的责任感，这本诗集中最长的诗歌《白天鹅》就源于八十年代初玉渊潭枪杀天鹅的事件。当舒婷愤慨地用汉语写下《白天鹅》的时候，同样的夜晚，奶奶也写下了自己的《白天鹅》。奶奶在北京生活过多年，她的诗歌如《我的首都》《白天鹅》用另一种语言、从另外的视角讲述了一个从山中走出的女孩子和这座城市之间的羁绊。自小长在北京的我觉得这是很有意思的一次阅读体验，因为能够感到两种语言之间的不同：奶奶的诗句更加抒情而磅礴，其中也有着更强的自我。

为家人写下的诗歌在总篇幅中为数不少。爸爸五十岁的时候，我们围坐在奶奶身旁，听她朗诵出她的祝福和嘱托的日子，仿佛就在昨天。在我心中，奶奶是很好的诗人，我也为此深深地感激。我感谢奶奶能够记录下自己生活的点点滴滴，如今再次读起来，仿佛她就在面前，将一切娓娓道来。

奶奶在1998年得了一场大病，但她在病中思索的却是要时刻抓紧手中的笔。在此之后，她对季节和岁月的变化就有着更深的感悟。她写岁月就是"十二个客人"次第来到家中，又很快离开，自己也终有一天会随他们远去。奶奶的《瞬间分裂》一开始我根本就无法读懂，后来在爷爷的提点下才知道，所谓分裂出的"三个圆"，是指千禧年，2000年。所有的数字都又重归于0，三个0重合，象征着人类新的征途。我很喜欢读奶奶关于季节的诗歌，里面不仅有对于美的描述，也有对于生命的哲学性思考。

我希望这样对于她诗歌的简单介绍，能够帮助读者朋友们进一步了解我的奶奶，诗人吐尔逊·卓伦别特。

最后，请允许我，作为孙子也表达些对奶奶的追思之情。

无论奶奶是否自认是一位诗人,她的生活对于我来说,都是一首诗。奶奶的父亲是鞍匠,曾用一匹非常好的马驹为女儿换来了一本破破烂烂的书。那时还是孩子的奶奶很是难过,可是她的父亲告诉她,马肚子里是屎,死了就死了,文字和知识是永远不会灭亡的。奶奶的文字之路就是这么开始的,而这文字之路一直延续着,我们家三代都在做和文字相关的工作。

爷爷和奶奶总是"吵架",小时候的我通过"翻译"才得知,他们在争论某一种植物的哈萨克名称。我从最初的大为吃惊,到后来见怪不怪。当我问爷爷奶奶对某个诗句的具体理解时,可能就要听他们争吵一天,当然爷爷总是会让步。我的童年就是在这样的乐趣中度过的。编辑、诗人、作家们也将爷爷奶奶的家当作据点,会在这里朗诵诗歌,讨论杂志上最新的文学作品。我当时虽然只是在一旁玩玩具的孩子,也受到了不少的熏陶。

每次读到《身为哈萨克人不会哈萨克语》这首写给我的诗歌,我都还能回忆起当初,奶奶问我为什么哭,我说是因为自己不会哈萨克语。奶奶在一旁安慰说"你在北京长大,这很正常"的时候,我没有说的是:其实我之所以哭,是因为感觉对不起她。我很庆幸,最后我学会了母语,大家的交流也不再需要"翻译"。我能磕磕绊绊地用母语和她一起讨论文学,并将她给我讲的故事写进自己的小说。

奶奶离开我们的时候,我很是难过,除了对她的眷恋,还有更大的不舍。那最早一批从大山中走出来的哈萨克人,正在慢慢离我们远去。个人的离去,以一个更大的视角来看,翻动着历史的篇章。童年所见的,激昂文字、慷慨辩论的一代人正逐渐老去,并慢慢地离我们而去。

作为一个在北京胡同里长大的哈萨克人,这时候会觉得无所适从。

但在时代的变迁中,迷惘是不可避免的,甚至某种意义上也并非坏事,一代人总有一代人的故事。

而这样的诗集,之前一代人的声音,在此时或许可以成为一种慰藉。

你是一条河

故 乡

我从心底放声歌唱
在梦中渴望回到故乡
越来越多的土坡,群山萧条
所谓的梦反映悲愁

我常常经过故乡
每当经过都会说起我在这里出生
只要想起故乡坎坷的命运
我就不禁长叹,泪水长流
懂事之后我就熟悉的故乡
现在啊,对不起,我要离开

我在故乡骑上黑骏马
扬鞭飞驰,大地阵阵轰鸣
我在故乡告别童年
它就像叽叽喳喳的灰雀留在了身后

贫瘠的生活留在了故地
我的幸运之星闪耀在前方
那个带着刘海的姑娘离开了此地
重返时已是一个陌生的形象
就像引领着雏鸟的灰雁

白发苍苍的母亲缓缓走来
故乡并没有将自己的女儿嫌弃
还像以前,敞开着怀抱
即便我已经站在异乡的山巅
我依然渴望故乡的福荫

*　　*　　*

我铭记着家乡的所在
它就像长辈一样亲切
那些每天走在这片土地的人
并不会察觉体悟它的神圣

当我第一次睁开眼睛
在故乡看到了光明的世界
当我第一次迈步向前

故乡挺拔地站立在我身前

你的月亮、星辰、太阳与天空
依然故我，没有丝毫改变
我从你的阳光摄取力量
每当忧愁浮上心头

我呼吸着你清新的空气
充满力量，胸中燃起火焰
你教我如何坚定地迈开步履
这一点从来没有得到改变
我是一只雄鹰
飞落时你是我栖息的所在
你是我的翅膀，当我飞起
我不会说我一路坎坷不断
忘却故土的养育才是真的不幸
我的故乡，我的思念

*　　*　　*

我一直在走，在走
我从故乡出发一路向前

我知道这旅途多么艰辛
有时前方一片朦胧,有时晴空万里

我在故乡渐渐懂事
在这里聆听父亲的教诲
我的心有时惴惴不安
但一直向前是我的信念

我曾在故乡充满悲愁
我曾在这里痛心,又充满怜惜
我曾在这里一次次聆听——
生活飘忽不定的旋律

父亲在此地合上眼睛
生命的陨落在一刹那
我年幼的生命自此
以坚石般的毅力忍耐

骑着没有笼头的弱马
父亲在故乡离开人间
甜美的梦想被石头击碎
我在故地,泪水涟涟

母亲在故乡失去伴侣
发出悲痛欲绝的哭泣
她唱起了悲伤的挽歌
将悲歌写进心灵的深处

我那颗稚嫩的心儿
为此感到惊恐,怦怦直跳
我幼小的生命一直颤抖
如秋天的花朵凋零消瘦

大河发出震耳的轰鸣
我来回奔跑寻找渡口
心中的希望与毅力
搀扶着我一路向前走去

我曾经在故乡——
接受友人与对手的考验
我曾经在故地——
磨炼了意志焕发青春

我一直在走,在走

不知走了有多久
我一直在看,在看
景色在身边繁华或破旧

我一直在走,在走
走在坎坷不平的路上
我一路在走,在走
仿佛在与大山交谈

我一直在走,在走
在故乡希望从没有陨灭
我追随着梦想的光影
即便迟到,也要找到情感落脚的土地

我一直在走,在走
并没有不经磨难的幸福之路
我稍稍放缓脚步
但从来没有屈服

我一直在走,在走
追随着心中的梦想
生命神秘,充盈着深邃的秘密

一个世纪,正在连接一个新的世纪

2000 年 2 月　乌鲁木齐

与岁月一起飞扬的梦想

心心相印相得益彰的良伴
如果这样的人我能够寻见
踏在同样的道路
如并行飞驰的骏马
那么生活会顺心,事业也会如意
我渴望我的旅途一路欢声笑语
就这样热爱着,度过生命

婴儿出生,带来了甜蜜
滋润着生活,给予了美好
作为年轻母亲的我啊
时刻准备赴汤蹈火

从此忙碌会多起来
从此娱乐会少一些
我的性格将变得温柔

我的追求也将改变
我将宠爱婴儿
日子会飞快逝去
我会履行母亲的职责
让孩子健康长大
长成一个健硕的孩子
学会站立，开始快步向前
我会将她打扮成洋娃娃的模样
带她到美丽的公园游玩

她咧着嘴巴一笑
在我的心间洒下阳光
我有时欢笑，有时痛哭
总算将她抚养长大
你是否理解这一点
我的小马驹，你是否懂我

小孩蹦蹦跳跳玩耍
我的情感也随着上下起伏
觉得只差那么一毫米
欣喜到伸手就能够着蓝天
是人就有梦想

因为他热爱生命
实现一个梦想,再迎接下一个
后一个梦想从前一个汲取而滋润

孩子不会一直在你的怀抱
他会长大成人,去追求幸福
即便是一只灰雀
一旦羽翼丰满它也会飞去
孩子也会有新的梦想
在脑海中渐渐酝酿
他们会受到精心的栽培
在学校这位母亲的怀抱

心中梦想的萌芽放飞
生活一路引领我向前
完成学业,孩子回到家中
已是亭亭玉立的姑娘
她也是成年人
心怀远大志向
但愿后代们——
不要抹黑父母的荣誉

想一想梦想多么美丽
花蕾绽开，芬芳四溢
你会问怀中的婴儿是谁
那是我的孩子，在我的怀里

岁月一如既往地逝去
梦想不会中断，依然延续
不发出咆哮，不翻越高山
不扬起风尘，不涉过河水
你以为时代是一匹带着鞍鞯的骏马
会一路平坦顺畅地向前？
不跨越坎坷不平的道路
不遇到险阻艰辛
不夜夜醒来、辛苦操劳
不经历太多的困苦
难道今天的舒适会从天而降？

翻着白浪的河水
顺着河床飞奔而泻

猎骄昆弥①的亡灵
护佑我们走到二十世纪
祖国的火焰更加旺盛
让新的世纪绚烂豪迈
愿我们年轻的新一代平安
愿他们一直走向崇高
愿他们以智者为榜样
愿他们头脑冷静、出口成章
愿我们年轻的新一代平安
像大山一样巍峨挺立

---

① 猎骄昆弥是乌孙国王,居住在伊犁河、伊塞克湖一带。乌孙被认为是构成哈萨克民族的源流之一。

我

我是这大山的后代
我是这山中绿色的芦苇
我今天快乐的生活
恰似大山一般安稳

我是山的女儿
站在山上放眼整个世界
山风拂着我的刘海
大山见证了历史和命运
不是以月或者年来计算——
而是这世世代代

我的群山啊
松林是你背上的长矛
什么样的乌云没笼罩过你的雄峰
尽管怯于光打雷不下雨的轰鸣

就算历经人间百味
我从未破罐破摔
因为我从你的岩石学习到坚强
山路是这样曲折坎坷
我不能说自己不会经历挫折
但我在摔倒的地方找到幸福的钥匙
然后站立走来
我的意志像岩石般坚强
我的心儿从你的鲜花那里
学会了温柔

我的群山
你的高峰令我有了挺拔的性格
即便受尽贫穷的折磨
虽然你没有予我馈赠
但我从未含泪怯懦
我从高贵的大山
学会了勇敢无畏
我从不让对手肆意妄为

我
我是来自大山的溪流

从万丈悬崖飞落
我与大山同甘共苦
与大山一同哭泣
每当我软弱憔悴
大山总会亲切地将我询问
我出生的大山、家乡的亲人
你们的形象融为一体
你们都是我的母亲

我
我是生长在大山的白桦
不会轻易折损
我从山间汲取滋养
不吐蕾结果，绝不罢休
在这里有许多山一般的伟人
如果走运，整个世界都无法将他们盛下
我舍不得陌生的脚掌——
去践踏这样的伟大
有许多愚人蠢货
不知道山之雄壮
他们像绿头苍蝇般讨厌
发出嗡嗡的响动

希望我们的后代
以雄山为自己的导师
像它们那样——
将圣贤们的伟大
汇集在自己的心间

无 异

看不到天空灿烂阳光
看不到地平线的晨曦
从来都是阴云密布——
这样的生活与暗夜无异

无论黑夜多么漫长
总有光明来临
乌云总会散去
阳光洒满大地
心怀阴暗的人
与阴云密布的天空无异

你欣喜若狂
他却不动声色
你悲痛欲绝的时刻
他也不会分担你的哀愁

无法从同理心出发怜悯——
这样的亲戚与陌路人无异
一旦你飞黄腾达
身边有众多吹捧之人
如果你的地位不再
趋炎附势的朋友与陌路人无异

激情从未燃烧
没有才华,碌碌无为
没有能力思考
没有胆识实现梦想
无法明辨,没有分量
没有完备的智慧
没有方向,没有主见
一事无成,憔悴颓废
只是一副行尸走肉
就算是朝气蓬勃的青年也与老叟无异

家里既没有客人
侃侃而谈,谈笑风生
也不会为邻居友人
提供任何帮助

尽收集一些旁门左道
令人不安的闲话
从来让人感受不到
作为客人的尊严
人们不知你的情形
你的大门从不向客人敞开
即便用金子打造的家
也与坟墓无异

从不知圣贤智者
不知他们的丰功伟绩
不知他们的伟大
不会崇拜好人的事迹
将他们的箴言当成精神食粮
融入自己的心境
只是在打发沉闷的光阴
一副无所不知的模样
却不理解生活的真谛
没有眼光，不思进取
空有一纸文凭——
与一个白痴无异

斤斤计较，怜惜自己的财富
奸诈，谎言、闲话连篇
却将此当成得意之事
阴险、狡诈、偏见
素来无法成事
挣扎着像人一般活着
这样的人与死人无异

     2001 年　乌鲁木齐

瞬间分裂

我凝视着升起的太阳、落下的月亮
激动万分,看轮回的岁月
看到日月不停旋转
一时兴奋,一时悲愁万分
我欣喜太阳冉冉升起
黯然伤神在漫漫长夜

岁月总在窃窃私语
给心中留下疑问
时间是我的过往还有未来
命运之绳缠绕在我心间
不游览大地,不用心去理解众人
生活还有什么美丽可言

我骑着跛足棕马踏上坎坷不平的道路
以自信驾驭动荡不安的生活

岁月的迁徙让你无法安之若素
拉拽着生活它也一路向前
梦想与希望让你一路向上
情感仍然如以往一样澎湃

为什么生活不放缓双翼的扇动
为什么行色匆匆，为了夺魁而竞赛
我念叨着每一天，每个时辰
仿佛明天会有丰硕的收获

我心存隐秘，无法诉说
但从不违背心的引导
我只想迈出的足印清晰可辨
但时间像如影随形的魔鬼，时不我待

这个世界通过数字得以衡量
日子来临，又无法算清其边际
一串串数字像轮回行进的驼队
这尘世不断细数着——
其幸福与命运，去而不返
酸甜苦辣，它都会吞下
却无法说出自己的选择

不论前方是深渊还是烈火
这个世界都会义无反顾

当我体悟到时间的真谛
才从心底看到了遗憾
我不紧不慢乘着马车姗姗而至
当三个圆①排成了一列
就像被拴住的羔羊,乖巧
仿佛世界因疲惫而闭眼歇息
三个圆排列成行多么美丽
让人彻底遗忘时间的飞逝
我的情感体悟到了其中的一个圆
仿佛苹果熟透脱离了枝头
我从最初就无忧无虑
彻底忘记转瞬即逝的世界

许多圆像月亮一样排列成行
像磨坊的磨石快速运转
从时间飞逝的箭头之上

---

① 这首诗中所说的"三个圆"是指千禧年到来。所有的数字"分裂"重归为"零"(2000),引起了诗人对时间的思考。

瞬间分离出又一个"圆的存在"

瞬间分离出又一个圆
射出的箭镞，枕着一个世纪
将年轮的命运交给日月
岁月在它的天空轮转
先前岁月踏出的道路
这个世纪也开始迈步向前

激越的感情像喷涌的泉水
也像毫无声响的水银
遐想之鸟放缓了飞翔
我也该享受片刻的宁静

我也该享受片刻的宁静
去体悟生活异样的奥秘
每一年都有别样的火焰和内容
生活自会妥当地将它们安排

不能抱怨梦想没有实现
像鱼儿在水面荡出的涟漪
泡沫在湖面转瞬即逝

而我必须下决心做出决断
不像饱食的动物般沉睡
欣喜与骄傲也自是种美妙

要看到别人所创的成就
以及为了尊严而历经的磨炼
这里所谓的别人其实就是我自己——
我的同族、我的同胞,还有亲人
我所说的骄傲与美好
就是好人的生命散发的光芒

时代之轮不会停歇
已然开始,这竞争的喧嚣
时间像骏马掀起一路风尘
世界的终点在将我们等待
只要梦想之轴没有断裂
总有一天你的骏马也会争雄
时间长着风的翅膀,岁月在飞逝
时间之轮从不会缓慢
三个圆排列成行,千年只有一次

2001 年 1 月　乌鲁木齐

致孙女艾曼

请你理解我话语的真谛
童年时代会在不知不觉中流逝
你迈出了独立的第一步
我的小马驹,珍重小心
生活的路百折千回
第一个曲折,你正在经历
请让苍天将你保佑
不要随他人亦步亦趋
愿你的天空万里无云
愿你的天空灿烂,在每个黎明

2002 年

黑山上走来迁徙的队伍

黑山之上走来迁徙的队伍
他们的到来,能让你想起什么?
在磨破脚底的困苦时代①
哈萨克人曾经历艰险的时刻
坐在马背品尝丧礼的食物
心怀对宁静和平岁月的渴盼

黑山之上走来迁徙的队伍
迁移的历史对今天是明鉴
他们不得不匆忙安营扎寨
在风口解开毡房的风带
风中的炭火不再像往日那样旺盛

---

① 汉语中被称为"赤脚逃亡"的历史时期,指的是准噶尔人在1723年到1728年对哈萨克汗国的大举入侵。哈萨克汗国经历了灾难性的失败,并纷纷逃向河中地区。这场战争是哈萨克民族历史上最为惨痛的时刻之一。

每当谈起苦难的历史
老人们就会回忆起不得不迁徙的队伍
骏马戴着嚼子艰难饮水
男子汉穿着靴子蹚过河水

我们情不自禁回忆起迁徙的众人
迁徙之路让他们绝望
聆听了苦难历史的年轻一代
仿佛遭到敌人入侵般心有余悸

迁徙的队伍翻越黑山
敌人剪掉牵着骆驼的牵绳
子弹穿过毡房的披毡
正义与邪恶搏斗
一幕幕多么惨痛

人们从黑山,从原野一路迁徙
人们恓恓惶惶一路逃亡
无数人遭到侵略者的掠夺
无数伟人落入了苦难的巨网
一幕幕多么惨痛

栖身之所毡房留在悬崖
敌人掠夺了所有的财富
任由金子银子散落在地面
也没有丢弃毡房的穹顶

在无月的暗夜嘈杂迁徙
万分不舍地告别故地，悲泣涟涟
个人的生命随时愿为荣辱就义
击退了敌人，保护民众
迁徙的人们诉说万般苦困
怀念起挥动长矛作战的好汉

今天，黑山之上又有迁徙的队伍走过
没有负重的黑马稳稳走在队伍前列
是谁让队伍美丽、平等，获得称赞
无忧无虑、宁静的社会曾是他们的希望
曾让迁徙的人们望眼欲穿

黑山上走来了迁徙的队伍
人丁兴旺，繁荣的景象
一轮明月揭开毡房的方毡
洒满穹庐，灿烂的阳光

队伍平稳迁徙,驻地安宁
这是迁徙者们曾经的期盼

黑山头上走来了迁徙的队伍
展示着和谐的景象
让世界认可我们的存在
这是先辈们曾经的期盼

这是我们这个时代迁徙的队伍
人们个个满脸是欣喜和欢笑
仿佛爱抚众人的慈母
山间微风轻轻地吹拂
若问今天的哈萨克人向哪儿迁徙——
向金子般的草原、泛着奶香的土地
向着生活平稳的平原
向着空气清新的原野
为寻找知识向城市走去

他们穿着鲜艳,骑着走马体面地迁徙
牵着带有绣花披布的骆驼
他们向着四畜兴旺的土地
用汽车舒舒服服地迁徙

他们前景辽阔，生活蒸蒸日上
与兄弟民族平起平坐
我为平等为繁荣而欢欣
切身感悟着时代的变迁
这样的生活是我的向往
在首都我看到一座毡房①
顿时心潮起伏，欣喜若狂
我热爱这样的生活

2002年5月　北京

---

① 2002年，北京的中华民族园立起几处哈萨克毡房，进行短期展览，在北京的哈萨克人相聚在那里。诗人有感而发，写下这首诗歌。

最后一场雪

大自然赐予我们——
博大的胸襟与秀丽景色
它给灰蒙蒙的城市
给原野镀上了洁白的颜色
大片大片的雪花落下
犹如白色的蝴蝶飞舞
犹如天空撒向大地的福祉
犹如生活的气息在拓展

最后一场雪
没有料峭的寒冷,没有风
异常柔美,飘雪的天空
生机盎然的春天带来明媚
无数次来临又离去
这是一种吉祥如意

最后一场雪
飘飘洒洒像白色绒花从天而降
人们是否难以下脚——
将洁白的雪花踩踏
所有的雪花无拘无束
没有主宰,自由自在

星火般四散——最后一场雪
为什么我的身体瑟瑟发抖
为什么这场雪令我着迷
最后一场雪之梦
引领我一路向前

有时,雪花纷纷落下
仿佛洁白的鸽子飞翔
最后一场雪多么神奇
仿佛飘落在心灵
开出一朵朵洁白的花
它们飘落,无法在空中容身
逝去的岁月飞离的大雁
恋恋不舍地归去
风一路刮过,阻拦不住它们的离去

喜欢虚无就是雪花的心意
沉浸在光影中变成蒸气散去
仿佛生活逝去,市场关闭的时刻
雪花睡眼惺忪寻觅相依的土地

最后一场雪——
就是这样
仿佛亘古不变的规则
让睫毛挂满泪水
不再与初雪携手相连

湛蓝的天幕飘动
太阳亲吻大地
大地的心脏怦怦直跳
炽热的气息扑面
天空与大地连成片
当乌云的乳房肿胀
它像一位慈爱的母亲
亲吻甜蜜的婴孩

最后一场雪

仿佛在向冬天的驻地
挥洒真诚的贺礼
作为四季之首的春天——
带着明媚降临大地

最后一场雪
是最后的遗憾和希望
也像最后的命运
谁能知晓它的分量
一片一片飘落,融化在大地
它的贡献
大地母亲会在秋天用果实答复
这就是自然的法则

2003 年　北京

高低之判

这位老人怎能这样说话
看来你很晚才体悟语言的魅力
以及人和人之间的差异
你的口气很大,想法却渺小
走不了多远,前方的路已被堵塞
你像炒肉片那样翻炒话语
后边的还没熟,前边的已焦煳
话语不会,但心肺会焦烂
没有笼头和套杆的日子溜走
即便有时舒展,有时收拢双翼
衰老的鹰无法捕获狐狸
焦躁的梦想在胸中翻腾
不会一致,梦想和能力
一个很高,一个却低下

2004 年 5 月 1 日

我如是说

>让我再活二十年
>二十年!
>难道这很难吗?
>如果很难,十年也可以
>只要心中刮起狂风
>
>如果不舍二十年,十年也行
>你催促我的生命让它变得艰难
>千万别让我碰到——
>活到八十岁未留下八句箴言的命运
>
>——穆哈哈里·玛哈泰耶夫①

真正的诗人并不多

---

① 穆哈哈里·玛哈泰耶夫(1931—1976),哈萨克斯坦著名浪漫主义诗人。

真正的好诗不多见
二十年，十年——
他为什么如此诉说生命
许许多多的人
为了他的诗歌如痴如醉
他崇高的形象多伟岸
可惜未能一睹他的风采

生活使男子汉在历练中成长
也使他充满智慧，富有力量
女性却显得娇弱
长寿更难以企及
年龄稍长可能更为艰难
但我却想：
再活十年又何妨，如果身体健康
拥有现在的信念和头脑

生活，生活
我总在阅读，总在思索
我依然不理解
它的色彩是什么。蓝的，还是灰的？
我依然无法分辨

是生活让我诸多的理想实现
也是生活将我众多的日子欺骗

请赐予我恰当的岁寿
赐予我清醒的头脑、健康的体魄
上苍啊，别给我太多的年龄
不需要颤颤巍巍的生活
像风吹动的香蒲

七十岁来临，扼着我的颈
我手中握着一把闪光的剑
七十岁也会像七天一样滑过
到现在也没让我看出其中的差异

如果八十岁来临，我会沉着面对
这是一个聆听孙子歌唱的年龄
说多说少都由我的身体决定
请赐予我令人高兴的年岁
感谢上苍，让我安静地歇息
让后代们延续我们的生命

2004 年 6 月 27 日

大河流不尽

那是一条神圣的河——
叶密立河在原野奔流
像游吟诗人布尔江邂逅萨拉①
叶密立的原野放声高歌
叶密立河狂躁奔腾数十个世纪
在本世纪汇成了海一般的模样
不管你去问这个人,或是那一个
叶密立河究竟有多深
当它无数次奔腾咆哮之际
当它迎接崇高的称赞
自身的力量在滋润着自己
崇高的叶密立河何曾向他人低下头颅

---

① 布尔江·萨尔·霍加吾勒(1834—1897)和萨拉·塔斯坦别科夫娜(1853—1907)是民间诗人和音乐家。萨拉在十八岁时和布尔江相遇,双方通过诗句对唱,彼此较量,这成为哈萨克文学史上为人津津乐道的一次相遇。

它翻江倒海的气势找到河床
从不掩饰压倒敌人的气势
杰出诗人胡尔曼别克被扼之时
也是怒吼的叶密立河将他救出
无论问这个人，或是那一个
叶密立河究竟有多深
这条汹涌的河流从未失去气势
叶密立河是犀利语言的百宝箱
通过阿肯对唱这把钥匙
原野尽情歌唱，显得和谐
还有欣喜的听众陪伴
金色叶密立，祝你喜事连连
向渴盼对唱的听众挥洒金光
这歌声已经深入众人的心中
让我们今日再来聆听诗歌的对唱
无数俊杰曾在这里唇枪舌剑
在叶密立河岸寻找历史
保佑如今杰出的诗人
让他们的歌声在原野荡漾

2005 年 11 月 20 日　北京

七十岁来临之际

生活和时间
相互拼搏较量
心踢动我的胸腔
与我的幻想斗争
这就是生活
与每一秒钟赛跑
我装作不在乎,显得倔强
是衰老在吞食我、将我捶打吗
剪断了我敏锐的思绪
即便为了心绪,我曾自欺说还年轻
我虽说不服老,但岁月不会将我放过
不再强劲,力量只会在岁月中远去
衰老啊,你要来就来吧,按部就班
但别给我带来悲痛和泪水
七十岁张开怀抱
不经意间它乘风而来

我在生活中不是孑然一身
无怨无悔地度过了一生
我有好伴侣做生命的依靠
孩子们也使我踌躇满志
感到庆幸的是——
劲风将七十岁
推到了我的面前
我身体素质良好
意志还算坚强

第六次登上长城

我第六次——
第六次登上长城
没有人会赞美我的反复登临
石墙上的印记默默无语
我无法理解它神秘的本质
令我心潮澎湃
它的雄伟,它的群山
我拼足气力去攀爬
我心肺依然健康

我喜欢长城——
蜿蜒的山梁,层层阶梯
改变了你最初的模样
人们的脚步踩踏了六百多年
它没有被侵蚀也没有降低气势
一切都融进了——

繁荣这个伟大的载体
没有坚强的毅力、勤奋的劳动
大自然难道会低下头颅？
在我环顾四周的景色之际
我看到石雕般的骆驼在角落

长城的双翼
支撑着群山
那些骆驼在我看来
此刻却比长城还崇高
那些利欲熏心之人
组织聚集观众
哪有什么欣赏，哪有什么笑颜
伤心的泪水顿时盈满我的眼眶
我悲伤地站在那里
可爱的骆驼化成愁念
它无法伸展霍布孜琴般长长的脖颈
对着万丈悬崖发出了哀泣
那一带没有绿色的树木
只有岩石突兀林立
再也不会有之前的绿荫
可供骆驼揪扯享用的树叶

用石头铺设的平台
量身定做，略显狭窄
骆驼的双膝已经疲惫到颤抖
它只渴望聆听一声呼唤：
"牲灵啊！快卧下休息！"
它离别自己的故乡
被拴在石柱之上
两座驼峰高高耸立
炯炯有神，一双眼睛
它吃尽了苦头
它的自由被掠夺
踏上漫漫路途成为奢望
好不容易获得观赏的机会
游客们无比惊奇
因为不是先祖拥有的牲灵
看到骆驼十分不易
那些贪得无厌的家伙
吓唬它，歧视它
将它拴在石柱之上
可怜的骆驼受到折磨
广袤的原野多么美好
俗话说：少见多怪

你看游客们有多么好奇
愿骆驼的神灵来诅咒
让他们所谓的"欣赏"滚蛋

2006 年 6 月

新年到了

新年到了
那是还未写出的诗章
未揭开的奥秘
还未唱出的歌儿
未脱粒的食粮
那是还未弹奏的乐曲
未跳起的舞蹈
未建起的大厦
还未变白的双鬓
那是还未成熟的小伙
未作出的回应
那是还未出生的婴儿
未被认可的智者
那是还未被预测的未来
花蕾含苞待放
对你来说——

新年将会是索取

对我来说——

新年将是奉献

说起来容易

这就是信念的真谛

新年是还未画出的一幅画

新年就是还未写出的文字

2006年12月　乌鲁木齐

悔恨又有何用

一个人何以轻易衰老
莫名其妙的愁苦声就这样传来
有什么比人的寿命还要短暂
只要太阳偏西夜晚就这样来临
我,就是我
明知生命非常短暂
明知清晨与傍晚很近
但没有珍惜时间
所谓的悔恨全是虚假
不管你是否将时间珍视
时间都不会将你相信
谁不知金色岁月的逝去
是一种莫大的哀愁

浪费的时间会成为遗憾
但叫苦连天又有何益

如果真理坠落悬崖
生活大多虚假，徒有色彩
生命是一个过程
许多人曾来临，也会离去
大自然的夏季总还会再来
生命的春夏去而不再

  2006 年 12 月 乌鲁木齐

记 者

社会上有一种形象
叫作记者
你是否与记者做过朋友?
对你来说,这个朋友并不普通
身负重担,忙碌永不停息
永远没有安静的日子
废寝忘食,马不停蹄
永远在鼓动生命
记者就是这样神秘的人
当你不觉间快跌落
他能敏锐察觉,做出批判

*　　*　　*

寒冬腊月,他爬冰卧雪
酷暑夏季喝不上水,顶着烈日

记者要去哪里？
哪里有新闻就去哪里
你以为记者到一个地方
只会欢笑玩乐
不会思念家庭和亲人？

记者犹若地质学家
在险处寻找矿产
即便立下了功劳
也不会有任何奢望

硝烟弥漫的战争
会有记者的身影
所有的一切都在手中
纸笔就是武器
总是追赶时间，一路向前
总在跋山涉水
显得疲惫不堪

他快速到达目的地
比射出的子弹还快
记者手中的笔

希特勒也会惧怕
我们也有这样的英雄
与敌人顽强地搏斗
面对战争从不畏惧
如果想要诉说记者们的功绩
简直就是写不尽的篇章

  2007 年 11 月 乌鲁木齐

这就是我们

这就是我们
一个家庭走出的女儿
我们是父母留下的印记
很小的时候失去了父亲
我们就是他没有说出的一段段话语

这就是我们
我们是天山的女儿
是以天山为榜样——
茁壮成长起来的姑娘
我们是一根支脉上的花朵
和谐友爱一同成长
我们每个人的专业不同,命运不同
但都曾攀登每个专业的顶峰
不会放弃,只会勇往直前
我们是怀有雄心壮志的姑娘

这就是我们
我们是博格达山的女儿
面对大山一路追求
面对大山端正方向
我们从生活中汲取滋养
我们在艺术之路上探索

这就是我们
是草原的女儿
为人民做出贡献
也获得人民的赞赏
我们从未在大道上窘迫
蕴藏心中，民族的文化
我们是勇敢顽强的女儿
从不去追求时尚
也不会落伍
我们做事从来量体裁衣
对不懂的事物洗耳恭听
读起书个个争先恐后
我们是一群出色的姑娘

这就是我们
是一母所生的女儿
生性顽强,翻越大山
相互和睦,相处愉快
我们是根基端正的家族的后代
从父亲那里接受智慧
从母亲那里接受教养
像一块块砖镶在社会的大厦
我们是见多识广的姑娘

这就是我们
是这个时代开出的鲜花
继承父辈的习俗
没有辜负母亲的期望
我们出闺嫁人
来到陌生人家
我们敬仰勤俭持家
智慧过人的母亲
我们是以她为榜样成长起来的姑娘

这就是我们
卓伦别特的五个女儿

这里不仅仅有女儿
还有上苍赐予的儿子
我们是十个儿女之中
活着走到今天的五个女儿
但又拿命运奈何
几个兄弟都英年早逝
悲痛把我们折磨
说一千道一万
都是命运的安排
艰苦悲伤的岁月
我们也没有绝望

我们的时代阳光明媚
领受着幸福、财富与恩泽
我们的意志没有被摧毁
我们的歌声依然延续
我们从人民中摄取营养
然后奉献给民族和社会
我们是将故乡对我们的希望
当成自己梦想的五个女儿
虽然我们不是人中龙凤
也不是囿于小家庭院的庸人

而是一直向前的姑娘

2008 年 3 月　乌鲁木齐

五十岁感想

啊,亲爱的孩子
你刚刚度过半个世纪
你的心中响起乐章
唱起一首优美的歌
雄鹰也有成熟的时候
理想燃起火炬
照亮绚烂的生命之路
你继续向前走去

五十岁深知生命的奥秘
你的情感也变得深沉
你的心为众人而跳动
它给了你智慧与尊严
是你精神的支柱
别被岁数蒙骗,说自己已经老去
多么可惜,你的雄心也会因此减退

五十岁正是当年
是知晓分寸与得失的时刻
五十岁是睿智成熟的年龄
不会盲从，走向没有方向的路
五十岁融会贯通
汲取知识的滋养

五十岁聪慧
将知识的积累献给后辈
五十岁宽厚又威严
不把人分成高低贵贱
五十是勤快干练
迈开步履，雷厉风行
五十岁明辨事理
秉持着正义与众人的和谐

五十岁的人敢作敢为
这是你事业有为的年龄
那些愚昧之人
无法理解五十岁的魅力
五十岁年富力强
得心应手，像鲸鱼那样畅游

软弱的人不能匹配五十岁的气势
也有人无法正视五十岁
稍有白发就说自己已经衰老
看到海市蜃楼便说是美景
看到金子却说是黄铜

对那样的人只能这样回复：
你们不过未老先衰
是极为敏感的懦夫
五十是稳健的形象
连接梦想的丝线

五十岁深思熟虑
最终成为雄鹰展翅翱翔
不像燃起小火的枝条
而是越烧越旺的梭梭
五十不会受到外在形形色色的迷惑
哪怕遇到坎坷也不会走乱脚步

五十岁沉稳
绝不会犹豫不决
五十岁走在正途

呵护习俗和文化
五十岁拥有敏感善良的心
又不会斤斤计较自己的得失

五十岁的你比许多人年轻
仍然需要长辈的教诲
五十岁的你比许多人年长
成为凝聚众人的中心
上有兄长的引领
下有兄弟的相帮,可以安心

五十岁是年轻勇敢的年龄
为了众人还有许多的事业
智慧、毅力还有人性的护佑
许多大事还等待你去成就

五十岁神圣
年过半百,人生已然过半
各个方向都逐渐清晰
经过人生的考验
经历了酸甜苦辣

五十岁时的你当展宏图
兄弟们之间相处和谐
生命的美好始自五十
到了五十岁你要从容，莫要心慌

五十岁时你宽厚温和
五十岁的你成熟而充实
五十岁之前
你见到了什么，又体悟了什么？
到了五十岁时
生命才能迸出光芒
信念才会坚强
五十岁时你
心心相印的爱人在身旁
渐渐长大的孩子们
如今已明晓是非
你没有必要担忧五十岁
自己已经开始衰老
经历过五十岁的我
对五十岁做出如此的评价

2009 年 5 月 9 日　乌鲁木齐

六十岁灿烂的黎明

今天已经到了颇有建树的六十岁
诉说年龄难道能决定年龄的意义？
我可以骄傲地说自己仿佛更年轻
我将生命的意义系在那幸福之上

年轻时总难免事务缠身
无力跻身于佼佼者的行列
如果没有迎来六十岁灿烂的黎明
我差点儿就失去精神的依靠

六十岁是我真实的年龄，六十知天命
是祖国繁荣之时我幸福的年龄
如果不是党的精心培养与教育
我不一定会成为像现在一样有用的人
六十岁赋予我丰富的智慧
六十岁锻炼了我，使我充满活力

有段时期我曾悲伤曾落泪
有一种力量让我久久思念

时代赐予我们丰厚的馈赠
六十年来我从没有磨掉锐气
当解放的春风融化心中的寒冰
我才得以清醒，获得新生，心中充满暖意

时代能决定是清明之治还是堕落
是否迷失方向，财富是否被劫掠
共产党从黑暗救出了我
我这才悟出是飞翔还是降落

红旗升起，天亮了
展现了永恒美丽的景象
如果不经历艰难苦困
今天的幸福也不会轻易获得

不知有多少仁人志士牺牲生命
与敌人殊死搏斗，长眠在地下
英雄烈士付出生命打下江山
让我们珍视呵护今天的盛世

读者自会筛选

读者是杰出的群体
我所写的可能得不到欣赏
写书并不算幸福美妙
只有得到读者认可才值得骄傲
讲述过去的一切
是老一辈的守望
如果读者不认可
那是作者的悲哀
讲述自己感悟出的道理
将中断的历史延续
将被毁的历史重新恢复
则是后代应尽的义务

即便所有人都提笔书写
也难以写尽漫长的历史
但终究会有一个共同的脉络

虽然离年轻一代相距遥远
我说不清自己的作品是花是刺
睿智的读者会做出自己的判断

2009 年 10 月

身为哈萨克人不会哈萨克语
——致长孙艾多斯·阿曼泰

考验船只的不是桅杆而是风
有雄心的人要攀登艺术的高峰
诗歌艺术多么神秘莫测
十三岁开始你敲响它的窗
你是否想过用情感去浇灌
浇灌你心中干涸的土地
文明使我们这个民族繁荣
使我们大帐的穹顶稳固
无论遭受什么样的坎坷不平
我们都没有让毡房的格栅倒塌

尽管你努力想学会未知的一切
但依旧不懂哈萨克的语言文字
没有本族的师长指点
人难免会被强势的环境左右
我没有责怪你不懂母语

不合时宜的随意指责也并不正确
你说自己是哈萨克人但不懂哈萨克语
你流下伤心的眼泪令我难过

你哭了,小马驹,我却欣慰
心中泛起了一股暖意
你眼中的泪水多么晶莹
印证了民族的曙光洒在你心底

你读书学习,勇敢拼搏
义无反顾地勇攀高峰
你通过汉语言文化的滋养教育
大学的大门为你敞开
但依然有一个念头折磨着你:
不管未来如何,也要牙牙学语
把母语说好
你没有怯懦,不畏艰难
开启了寻找母语的道路

对有的人,平坦大道就是理想
而对别的人,理想是勇攀高峰
没有从头学起的语言学起来不易

不论多么能说也让你无法表述
如果年轻的你不去攻克这个难关
那希望之线便会就此断开
你翻越了母语这座高山
迈出了顺利踏实的一步
你现在只掌握了母语的字母
而语言则是辽阔的大海，奔腾着浪潮
你已开始追求掌握本族的文化
这是你与传统文化的相识相遇
母语不会衰微，民族文化源远流长
我的小马驹，从此以后不要再哭泣
如果我能通过母语了解你的理想
那我们相互交流时不会再需要翻译

    2009 年 10 月 15 日 北京

泉水的秘密

我常常凝视翻着浪花的泉水
仿佛它传递着来自你那边的音讯
朋友啊,还记得吗?这柔美的泉水
将盛开的鲜花别在我们胸前

你的纯洁犹如晶莹的泉水
岁月也一样静静流淌着消逝
你像泉水喷涌的诗歌
滋润着我柔软的心灵

我心中蕴藏着泉水的秘密
在此之前从未向任何人倾诉
听到你充满欢乐的声音
总觉得像听到潺潺的泉水

即便我的情感之鸟飞到很远的土地

诗人朋友啊，你也不要将我忘记
我将共同拥有的泉水秘密写进诗句
只当那是我从远方献给你的问候

我通过笔与你相逢
你熟悉的声音在我心中奏响旋律
岁月不会祝福，只会悄悄地流逝
泉水就是我心中的秘密

1973 年

我出生的大山

我出生的大山——我的母亲
它将我当成自己的婴孩
山风吹过一座座大山
它的慈爱永驻心间

大山一直留在心间
我满怀深情把它怀念
我前来寻找自己的大山
不知谁会出来将我迎接

山迎面站在眼前
撑着一顶白伞
山张开温暖的怀抱
多像思念已久的母亲

一道道山梁出现在面前

犹如一排排高傲的毕官①

它向我献出脊梁

指引我攀爬高峰

一道道山谷出现在面前

我在那里度过童年

捡拾草莓很晚回家

常常受到祖母的责备

一处处山坡出现在面前

春天,在那里我们吆赶羊羔

玩耍着扯了一下荬蓁

却扯烂了我的衣裙

茂密的松林迎上前来

阵阵呼啸像优美的歌儿

遐思飘飞的时代在哪里

美好的童年,充满希望的年代

一望无际的平原迎上前来

---

① 毕官,泛指官员和统治者,在哈萨克社会中多指有威望的判官,在此诗人用这个意象来形容山的崇高。

我惊愕地打量着周围
我只是认不出——
认不出灯火辉煌的家乡

谁能数得清这繁华的地域
所发生的一切巨变
我想起曾经闪烁的群星
连忙举头遥望茫茫的天空

闪烁的群星还在那儿
崇山峻岭一如既往将它们托起
地上的星辰又是什么
一片片遍野堆积的粮仓

我曾经聆听大河咆哮
曾看到颤动的月光
耳边传来了异样的响动
原来那是发电机的声音

想当年这一切都只是梦想
这怎能令我不瞠目结舌
我打量着山河岁月

仿佛童年留在了故里

1974 年　北京

故 乡

从我听摇篮曲开始
就聆听你坎坷的历史
你的欢乐还有忧愁
都是我一点点堆积起的秘密

我在这个时代所看到的——
是故乡蕴藏的宝藏
你成为吉星高照的土地
我骄傲,为你张开怀抱

我所能做到的——
就是为它的宝藏而骄傲
然而这美好从何而来
这一点你是否想过?

我在故乡的土地长大成人

曾经沉浸在它的美妙
举办喜宴父亲请我们坐在正堂
用餐，从尊贵的食盘

骑上骏马上山狩猎
我们呼唤天空的飞鸟
我们骑马疾驰
度过旅人般的光阴

在故乡我们赢得
威望、荣誉和幸福
为了这样的所获
献上白额的青马和黄羊

我们心想一旦获得威望
就一定要尽善尽美
我们究竟要珍惜呵护什么
大家是否想过这个疑问
我们曾在这里组建家庭
在这里我们的牲畜成双成对
拥有生活拥有财富
我们的生活因此得以和睦

我们曾经从故乡出发
去远方追逐梦想
不论是什么样的成绩
都是脚踩故乡大地的收获

无比怀恋故乡的大地
你就像我们亲切的摇篮
你为了我们
永远敞开温暖如春的大门

只有故乡能掂出你的价值
这里有兄长,还有至爱亲朋
你在这里成为尊贵的客人
受到宠爱,传统的美食陪伴

这里曾经生活过——
无数仁人志士智者英雄
这里也曾有过悲伤的日子
人们泪水涟涟度日如年

朋友啊,多想想这些吧

你不会永远拥有笑颜
故乡也有过许多沉重的时刻
一生中谁会永远气静神宁

这里有干旱龟裂的戈壁
这里有蓬蓬草随风滚动的沙漠
这里也有你的悲痛欲绝——
那些面目狰狞心底阴暗的混账

故乡就是一种馈赠
对好人对坏人都一样
不要错误地评判故乡
不要说我们在落后的地方

到现在依然有卑鄙小人
手中握有争强逞能的权势
他们一个个趾高气扬
正走在自我得意的道路
尽管他们也离开了故乡
但依然有冷酷、奸诈的秉性
褴褛的皮袄、黑污污的披毡
依然贴在他们的身上

如果故乡有一天将我们审问
那就是我们的耻辱
用一生追逐名利
难道就是理想的生活？

     1974 年　北京

阔克托别

那在眼前的是阔克托别山吗
多熟悉,我们曾在那里追逐彩蝶
阔克托别,别责备我来迟
胸中酝酿的诗歌都向你敬献

我是那么的怀念阔克托别
我迈着急匆匆的步履气喘连连
有许多年你都没告诉我心中的秘密
我从你那里获得生活的滋养才离去

虽然岁月给你带来重重压力
但阔克托别你从未感到悲痛
我不知有过多少欢笑多少哭泣
只知青春不知不觉就这样远去

阔克托别,你忘了那些日子吗

那些在你的草地上打滚的时光
你是过去与现在岁月的见证
只有你一尘未改依旧坦然的模样

我们曾像光影在你的岩石上跳跃
我们曾像蝴蝶簇拥着鲜花
你的月亮你的天空
见证我的闲趣，在我懵懂的时光

阔克托别，你依然巍峨耸立
那些调皮的男孩娇宠的女孩何在
他们消失在五十年的前前后后
他们可能去你那里寻找生命的足迹

一起出生成长的发小们在哪里
真想见到他们聊聊久别的思念
那些已经老态龙钟
抱着孙子的人是不是
是不是我昔日的伙伴？

我也有像子弹般飞走的生命
日子一天天划过就从不再回头

我依旧有回望阔克托别的冲动
沉重岁月压顶而来也不将其丢弃

阔克托别今天是否对我陌生
有段时期我就像它的嫩柳
即便今天皱纹纵横斑白了两鬓
我也不会为此而黯然神伤

虽然我没有登临你的险峰
但坐在你的山腰歇息安顿
我始终与你一同欢笑一同悲伤
很想在你这里度过夏日和寒冬

1974 年　北京

恼 火

许多次我兴冲冲地回到草原
很想欣赏它迷人的风景
每一次我都会感到心花怒放
没能为呵护它洒下汗水
真遗憾,我对自己感到恼火

我许多次兴冲冲地回到草原
看到它破败,不知责怪谁
没有呵护一切,没有为它发声
我只无能为力地感慨悸动
真遗憾,我对自己感到恼火

我许多次兴冲冲地回到草原
我看到财富,也看到了贫穷
是谁掠夺了草原迷人的风景
我没有看到任何人去追究责任

真遗憾，我对自己感到恼火

我许多次兴冲冲地回到草原
自己的情形也显得捉襟见肘
我此刻的信念追不上曾经的志向
有时因为仇恨而怒火中烧
真遗憾，我为自己感到恼火

这恼怒只能说给自己，又能向谁倾诉
向往美好的人往往心平气和
但原野不会明白这种和解
会认为有魔鬼作祟在毁灭草原
所以，我只能责备自己

我许多次兴冲冲地回到草原
被习习的爽风迷醉
耳边总传来一阵悲愁的声音——
这曾是森林茂密的地方
后代们可能不会相信

没有见过大自然最初的风景
人类总在与大自然相争

群山也开始与人类鱼死网破
变得像被狼揪扯的动物一样遍体鳞伤
河床变得歪歪扭扭
今天，那些肥沃到冒油的原野何在
掠夺者将大山挖得百孔千疮
山已经不美，水不再滋润
它们还要破坏到什么程度

1975 年　北京

致舞蹈家

那是六十年代的时光
年轻的美人跳起舞蹈《牧马人》
你依然在否？真想拥抱你
回想起过往岁月的点点滴滴

年轻的舞者身段还很柔软
像一匹得到精心驯养的烈马
她一跃而起像轻盈的燕子
那是她享受宠爱的日子

她就像令人心神荡漾的马驹
为了民族和祖国翩翩起舞
这匹"骏马"给舞台增添魅力
将草原上潇洒的牧马人再现

舞蹈优美，配以歌曲曲调

舞蹈家若是天鹅，人民就是海洋
如果歌曲令你心动、兴奋
这支舞蹈会令你称赞

我见证过许多舞姿翩跹的时刻
聆听过许多令人心动的旋律
但从未看到这样美妙的舞蹈
从未看到过观众如此深受感动的场面

人们说，这是位了不起的艺术家
恒巴特①，祝你的艺术更加动人
如果凝聚生活的形象——
舞蹈家的艺术作品就不会消逝

1979 年夏　北京

---

① 恒巴特，中国当代著名的哈萨克族舞蹈家。

话 语

有的话听起来似优美的音乐
使人忘却心中的悲绪
有的话夸大其词
捡拾着流言蜚语度日

有的话语不过是夸夸其谈
虽然节奏适中，有着齐整的音律
但这种话语不会带给人们分毫
没有什么可以汲取的内涵

有的话语听起来尽是奸诈诡计
将有教养受尊敬的人折磨耗尽
唠唠叨叨每天每时瞬息万变
带来的后果从不会去考虑

舌头没有骨头，不过只是片肉

没有用来调节的开关掣肘
每当它没有理智从嘴里伸出
别听它说什么,只管好自为之

    1979 年 7 月 北京

五月的风景

五月来了,阳光普照大地
五月这美人来我山村徜徉
诗人们会弹起冬不拉
把深情的歌儿敬献

原野大地沐浴着五月的阳光
谁能抑制歌颂五月的冲动
歌唱吧,歌唱每一个劳动者
他们肩负的是时代的重任

农民们的条田延伸远方
牧人们的绵羊挤满山谷
工厂发出轰隆隆的响声
请你接受他们的馈赠

你让春天的景色秀丽

你让所有人欣喜万分
仿佛在举行盛大的婚礼
仿佛大地从天际迎娶新娘

电闪雷鸣，天空轰鸣
仿佛无数骏马在草原狂奔
为辟邪祖母祷告
把水洒在毡房周围
好似来自天空的馈赠

银色的泉水潺潺流动
太阳美人在水面跳跃
碧绿的苔藓连成片儿
柔美的心儿低声吟唱

在美景如画的五月
白桦杨柳迎接明媚的夏日
滴落在树叶上的一滴水
仿佛它们落下相思泪

爱唱歌的鸟儿婉转轻鸣
五月的风儿停下来静听

洁白的云朵在绿色山峦上方
排成行缓缓飘动

五月的人们心潮澎湃
心中酝酿一团团火焰
这个季节才是生命的夏季
哦,它才是梦想,永不破灭

    1980 年 北京

森林遐想

看看群山，一片失去福祉的萧条景象
看看平原，已被沙漠覆盖处处荒芜
如果这里有郁郁葱葱的森林
那美丽的梦想将被森林簇拥

没有森林，百灵鸟将落在哪个枝头
没有森林，鸟儿该如何婉转鸣唱
谁会像森林那样展开双臂
将受尽欺辱的人们拥进温暖的怀抱？

如果如火的骄阳挂在天际
乌云带来暴雨，举起火一般的鞭子
森林能平衡酷暑还有严冬
不会让异常天气降临大地

森林郁郁葱葱铺天盖地

小鹿仿佛在母亲的怀抱
如果不是你睁着警惕的眼睛
那么白鹿一定会中弹跌落

我非常喜爱茂密的森林
谁会为你悲伤为你思虑
如果群山的松林依然茂密,免于侵害
我欢欣鼓舞地愿梦想与你共同成长

1980 年　北京

眼 睛

眼睛是一片浩海无边无际
纯洁无瑕容不下任何泥沙
你在它的怀抱畅游之际
不要狭窄嫉妒,眼波被旋涡吸引

别以为所有的眼睛若大海般柔美
你有时也会在它那里看到狭隘

不管是绵羊眼还是驼羔般的眼睛
我不会描述它们的其他品质
我只想成为一双清澈的眼睛——
不沾丝毫灰尘的睫毛

无论你的眼睛怎样动人
不要狭隘,你渺小的双眸

若没有眼睛来平衡情感的奥秘
人一生只会为自己忙碌
若不与他人争风吃醋
世界有足够容得下任何人的广袤

如果漠视一个人所有的美德
你的瞳仁无异于死水

即便浸泡在泪水之中
人也无法跳出自私
有一种无忧无虑的醉意
总在人们的脑海中跳跃

有种眼神会给别人增添忧愁
让人们绝望,流浪漂泊

智慧能决定眼神是怯懦还是勇敢
眼睛能显现你胸中的追求
那些不排挤异己的善良人——
愿他一路吉星高照

知晓他人所有的美德

愿你那双真诚的眼睛炯炯有神

1980年 北京

故 乡

啊，阿勒泰！父亲你出生成长的地方
我常在梦中看到你的倩影
只要阿勒泰的山水在歌唱
我没有一天不怀念先父
父亲去了自己出生成长的故地
从此伤悲，他不再回还，杳无音信
那时他曾为我弹起乐曲
但我对此没有丝毫感悟

卑劣践踏了人与家园的和谐
奸诈侮辱了仁人志士无数
黑暗的时代犹如漆黑的夜晚
让人迷失也让亲人离散

父亲曾说见过阿勒泰的人们
胸怀博大，性格顽强，生命像火一样

那是可爱的父亲向往的地方
真想在那肥沃的土地上撒欢

你的山梁若带有披衣的骏马
你的石崖若我的梦想崇高
闻名于世的额尔齐斯河、克兰河
巨浪翻滚，无阻无拦，飞泻奔流

我还没有机会前去观澜
先让手中的笔去那里游览一番
虽然我们相距遥远无法抵达
但我也是个挚爱阿勒泰的哈萨克

即便没有喷涌而出的泉水
即便没有浩浩荡荡的芦苇
大山之鹰，请接纳我的致礼
尽管它只是一粒小小的梦想

1980 年 12 月　北京

我的树苗

我在肥沃的土地栽下树苗
希望它生根发芽成长茁壮
它将成为后代们——
前来乘凉的绿荫

微风像丝绸般柔美
疼爱地将树苗抚慰
我幼嫩的树苗会长大
在精心的呵护之下

有时寒冷窜来
侵袭幼嫩的树苗
有时狂风袭过
吹落娇嫩的树叶

经历一次酷暑一次寒冬

树苗就会领略大自然的奥秘
有时苗壮有时枯萎
树苗扎根得到了锻炼

我亲爱的小树苗
不要因为什么而胆怯
如果你能长成茂密的森林
我会高兴地说这也有我的功绩

　　　　　　1980 年 12 月　北京

岁 月

岁月啊,你来了,又远去
汹涌的波浪摇曳着生活
你带着希望与梦想
像鸟儿一样转瞬飞离

岁月啊,你让我们欢笑,悲泣
你让懂得生活的人知晓奥秘
你有时拍击着雄鹰的双翼
又让它在山峰有所收获

岁月啊,你让我们欢笑,悲泣
带来幸福,也带来考验
有时从左,有时又从右打击
又以莫须有的罪名令人悲痛

过去的岁月与现在是否一样
岁月不知经历了多少挣扎困苦
有些岁月,情感似大海欢腾
有些岁月,胸膛却堵满了仇恨

过去的岁月,现在的岁月,是否一样
有些岁月蛮横专制
岁月有时像遭到抢劫的旅人
携带着悲愤与哭泣

岁月匆匆移动,离我们远去
我真想来一次深刻的交谈
我想笑着去询问当年由你——
送去竞赛的骑手们现在的处境
岁月啊,你曾做出判决又平反昭雪
无情的恐怖,曾布满天空
你曾像划破乌云的闪电
你曾像缱绻在暗夜的幽灵

我总在想,度过漫长岁月十分不易
这难道不是在度过无意义的生活?

月是它的证人,日是它的判官
每一年都会做出自己的判决

        1981 年 2 月　北京

白天鹅[①]

有一种飞鸟叫白天鹅
浑身上下没有一点瑕疵
它常常在湖面游弋徜徉
飞起来双翼不知疲倦

飞在天上像洁白的云朵
落在湖面像皎洁的浪花
人们都觉得它纯洁
犹如令人肃然起敬的尊严

如果生命的伴侣
像天鹅般纯洁多好
人们都说白天鹅

[①] 1980年12月,玉渊潭公园的白天鹅被偷猎者枪杀,这一事件被称为"白天鹅事件",震惊了全国。

犹如情感的天空般晴朗

白天鹅是美妙歌声里的主题
是悦耳动听的旋律
是海誓山盟的誓言
是灵感达到的高度

只见白天鹅缓缓飞来
临近一片湖泊
两只天生丽质的白天鹅
落在湖面,闪着银光

靓影投在了水面
犹如浮动的白云
人们看到白天鹅——
贴着水面,展开美丽的双翼

它们缓缓飞翔,观察周围
接近了烟波浩渺的湖面
时而落下,一阵徜徉
时而又缓缓滑翔

如果白天鹅没有落在湖面
湖泊会变得冷寂萧瑟
如果没有郁郁葱葱的森林
大地会变得寂静而荒芜

湖泊缓缓张开广袤的胸襟
簇拥着天使般的天鹅
两只白天鹅欢乐畅游
比翼相伴携手并肩

湖泊摇曳着白天鹅
在湖面上徜徉游动
湖泊揭开了碧绿的帐幔
我的白天鹅,请尽情嬉戏

这片湖泊之前没有白天鹅
只有形单影只的野鸭
现在成群的白天鹅飞回
湖泊感叹美丽带来的欢欣
银白色的天鹅畅游在水面
碧绿的湖水微波荡漾
掀起涟漪瞬息万变

发出悦耳动听的响声

湛蓝的湖泊晶莹的湖水
愿我的情感也如此柔美
愿双双结伴飞落湖面的天鹅
也落入我心间,带来慰藉

*　　*　　*

湖面突然颤抖了一下
好像受到了惊吓
白色的浪花顿时涌起
引起一丝衰弱悲愁的响动

这位美人也浑身颤抖,变得憔悴
衰弱的心儿怦怦直跳
难道她的命运
与那一对白天鹅一模一样

猎人挎着一杆猎枪
沿着湖泊游荡
他窥视着广袤的湖面

等待一个下手的机会

罪恶的子弹射出枪膛
就像一条诡秘的毒蛇
洁白的天鹅中了弹
鲜血染红了它的身躯

一只白天鹅被击倒
犹如绝望的美人
啊，究竟是怎样的一个人
竟然敢对它射出子弹

躁动不安的风儿刮起
悲痛的呻吟荡漾在湖面
年轻的白桦低下了头
白杨也垂下秀美的长发

白天鹅就像一枝鲜花
从根上被拔掉，摔落在地面
另一只天鹅在湖面与水底
急切地寻找着自己的伴侣

它在寻找,不停寻找
在湖面上不断地漂游
它从没有放弃希望
千百次寻觅去过的地方

有时沉入深深的湖底
从旋涡中寻找伴侣
有时又游到湖岸
它该向谁诉说心中的悲绪

它恳求湖水体悟自己的命运
不要让湖水不停荡漾
它恳求湛蓝的湖水别再欢闹——
请将自己的挚爱归还

孤独的天鹅不再徜徉
情真意切地恳求着湖水
广袤的世界突然变得狭窄
白天鹅也不再尽情游荡

它不再展翅飞起
双翼已经疲惫

它发出的鸣叫弥漫在湖面
时而低沉，时而又高昂

四周的一切都为它痛苦
接踵而至，一声声长叹
白天鹅现在多么悲苦
只有一半的乐趣还在人世

心中拥堵着曾经的梦想
广阔的湖泊无法再将它包容
恋恋不舍失去的伴侣
频频回头悲痛地离去

*　　*　　*

清澈的湖水接纳了——
白天鹅流下的泪水
湖水也悲痛万分泪水如雨
它在呼唤，在哪里啊，我的那只天鹅？

人们知道白天鹅有多么伤心
知道它流下了悲痛的泪水

浩瀚的湖泊也知道——
湖面也因悲恸而撕裂

仇恨的人们诅咒那个混账
恶言恶语向他喷涌
不能让美丽的天鹅白白送命
混账最终被拽上了法庭

白天鹅与白鹿
是纯洁爱情的象征
其中所含有的意蕴——
在于它们海誓山盟荣辱与共

愿像白天鹅一样的伴侣
永远结伴畅游发出欢笑
愿那些狼心狗肺的家伙
堕于永不见天日的黑暗

1981 年 5 月　北京

我的报纸

我的报纸就是我的眼光和呼吸
它让我的脑子总是清醒
它打开金玉良言珍贵的开关
是我的知心人,常常倾心相谈

我的报纸就是我的参谋和伙伴
生活的印记在这里排成行
它使知识的火焰越烧越旺
它却不是堆砌华丽辞藻的所在

我的报纸是真相的谱系
为我们指出正义的大道
你打开了感悟的帷幕
将欢乐之笔削得如此锋利

它能掂量出什么是勇敢什么又是怯懦

它分析生活中所有的经营之道
我每一天的工作与生活
都从你那里汲取力量与智慧

你与人民的生活紧密相连
激情像火焰一样燃烧
每一天都能认识许多新事物
如饥似渴,阅读直到天明

时事新闻,时代的凯歌
稿件堆满书桌,周围都是书籍
是历史的见证,也有大自然的奥秘
白若银丝,编辑的双鬓

他成熟稳健紧锁双眉
付出了双眼还有智慧
手中尖锐的笔锋在疾行
显现出高度的智慧

1981 年 12 月　北京

我的首都

我的首都,环抱着我的自由
再美的话语再深的思想也难将你描述
我不知该形容你的哪处美景哪种文化
你的美景早已变成乐曲在我心中响彻

想起你,心绪飘飞,沉浸于欣喜
有无数哈萨克人弹起冬不拉唱起歌曲
塔依尔①在你的舞台大放异彩
《银岛》乐曲响彻首都的天空
你是金色摇篮而我是一个婴儿
我自由自在地沐浴于你的恩泽
如果我是一个挥笔书写的诗人
我会用最美的语言将你形容

---

① 塔依尔,全名塔依尔·伯里葛巴耶夫,冬不拉演奏家,曾于1984年到北京演出。

春夏秋冬你都被鲜花簇拥
夜晚霓虹灯璀璨如同白昼
仿佛上苍赐予你所有的福祉
赐予你别样的月亮、太阳与星辰

这是我的天堂,是我的祖国,我的首都
我对他国的五光十色不感兴趣
全世界的美都能从你这里找到
长城、香山、故宫、公园、湖泊那么引人入胜

啊,我的首都,你怀里满是温暖与慈爱
人们的愿望与欢乐都从你这里发出
这里的市民仿佛站在云端之上
将整个世界骄傲地俯瞰

啊,我的首都,我无数次把你游览
许多年来我无忧无虑地在这里生活
别说醒着,即便在梦中你都不会消失
永远铭记在这里度过的幸福岁月

为了这些幸福岁月,我总在教育——

教育儿女们永远不要忘记我们的首都
我在你的怀抱里成长为有用之人
即便我离开也要让子女踏着我的足迹

我们是哈萨克人,是平等大家庭的一员
深知和平之道和离别之情的含义
再见吧,祝你平安,我亲爱的首都
我将告别你,回到我的故乡

1984 年 7 月　北京

乌鲁木齐

乌鲁木齐为我启蒙让我振奋
你培养了我,让我羽翼丰满
你见证了我的生活和幸福
我从未感到思想颓废或枯萎

我领略了生活的方方面面
在你的怀抱我成家立业
在你的怀抱我勤俭持家
获得了福祉,发挥才干

我歌唱在这里度过的青春岁月
摆脱了枷锁,挥掉了心中的愁怨
你第一次让我成为母亲
听到儿子呱呱坠地我欣喜若狂

我来到这里求学

你就像慈父赐我温暖
我在这里有了温暖的家,像金色底座
我在这里展开双翼勇敢地飞翔

我在你肥沃的土地上茁壮成长
我沐浴着你的阳光,春风满面
我不想离开你哪怕一步,时时想念
因为在这里有了爱人有了自己的子女

我伸出手追逐着一个又一个梦想
然后像回归的大雁回到你的怀抱
你张开怀抱拥抱了游子
我只为拥抱你而存在在这世界
乌鲁木齐,我真心地爱戴你
爱戴也需要充足的理由
在这里我第一次听到解放的声音
在这里我第一次沐浴了解放的阳光

      1984 年 8 月 乌鲁木齐

时 间

时间是手中的黄金
是一生中上苍最贵重的馈赠
成功还是失败都在于时间
它决定谁会走远谁又会落在后方

时间像幻影一闪而过
而我也不时警觉地回首
有时因为疏忽时间流逝
人的一生就这样度过，悔恨万分

时间有时无情，冷眼相看
无比沉重，让你无法振作
时间狡猾无情，有时令你哭泣
甚至没有气力去将你我安抚

岁月在逝去，我依然笑对一切

秋天也轰鸣而去,像受惊的马群
生活一路引领我追求理想
不知让我去哪里,寻向何方?

眼看日子一天天逝去,泪水浮上眼角
日子重复戳着你的额头,又悄悄溜走
时间令人目不暇接,虚晃一下就远去
像被猎鹰追逐的狐狸,在山岗消失

      1985 年 2 月 乌鲁木齐

山（一）

有时我会久久凝视大山
难道所有的幸福与魅力都蕴含其中？
任何高耸入云的大山
也得由广袤辽远的大地支撑

我觉得自己脚踩大地，趾高气扬
我放眼望着大山，想从山脚冲上
想要翻越眼前雄壮的大山

别看大山高傲，难以攀登
它的奥秘却并非难以解开
大山都是从地面高高耸起
只有大地才能驮起所有的重负

狭窄蜿蜒又坎坷的山路
哪里比得上平坦的原野

高高的山峰被乌云笼罩
太阳哪能经常照耀群山

我不会像众人那样说大山是倚靠
我不会从它高耸的山峰寻找幸福
最终我会覆盖尘土终了生命
无疑我会更热爱黑色的泥土

我不会因为大山划破乌云
而对它的威严低下头颅
尽管我穿山走石将羊群放牧
但并不比大山低矮,我思想的高度

1985 年 2 月 25 日

赞美男子汉

我们曾经歌颂母亲歌颂美人
她们给生活带来了美与慰藉
可难道只有女性才能成为——
诗歌的话题,生命的底蕴?

让我们歌颂那些睿智威武的男子汉
尊重男子汉是我们先辈的传统
穿上铠甲挥刀扬剑,他是战士
回到家中他是和蔼可亲的家人

我热爱睿智威武的男子汉
我不想听到对他们的微词
即便他是索人姓名的死亡天使
他也是我们最为亲密的家人

让我们歌颂睿智威武的男子汉

保家卫国治理民众是他们的职责
他身在远方若君主一般威严
回到家里又变得和蔼可亲

我尊敬睿智威武的男子汉
他们带给人民福祉,功绩赫赫
艰难之时他们是大山般的支柱
愿男子汉继续提升自己的智慧

他的可亲不是因为与我们亲近
他的火焰与力量永不颓废
别让他在外高大在家里渺小
让我们共同尊敬男子汉的威望

他们的脚板宽大,步履踏实有力
他们是人民的公仆,勤劳忠诚
他们对琐碎的事不屑一顾也不擅长
他们心中所想的只是祖国的伟业

他们具有男子汉应有的威严
他们具有力量与勇气,还有智慧
男子汉心中所想的是国家大事

别坐在家里对他们指点江山

因为你的气魄,我也随之变得坚毅
没有你,生活怎么能有平等可言
你站在面前像雄伟的大山
我的幸福和欢乐就不会缺失
与我拥有共同理想的男子汉
愿他们威望倍增,一帆风顺
为了你我宁愿低下高贵的头颅
也不能让任何羞辱降临你的头上

体魄魁梧,还有坚毅的前额
除此之外还需要什么样的英俊
我们的今日都有赖于他们的威望
别骄傲地以为一切为我们所创

    1985 年 3 月 乌鲁木齐

山(二)

如果发生旱灾,森林会枯萎
大江大河也随之枯竭
只有白雪皑皑的山峰——
依然耸立,见证着人间的一切

白雪覆盖的大山饱经风霜
经受了每个季节的磨炼
仿佛外星发送的使者
星辰与大山一起商谈

这座山高耸入云巍然而立
这座山是后代们的所爱
历史熟知这座山过往的沉淀
它蕴藏着这座山所有的经历

谁曾呵护大山,谁曾过问它的处境?

谁想过对它的劫掠有一天会得到清算？
铅一样沉重的片片乌云仿佛在哭泣
犹如愁肠百结的美人俯在山的肩上

黑色的狂风引来骤雨
巍峨的大山坦然而立
无月的夜晚，山陷入沉思
星辰与它交谈，发出了笑声

这座大山威慑了天上的神仙
山是否让他低下头颅跪下双膝
现在人们都在山里寻找财宝
无论生死，只要有用，统统都要去

如果发生旱灾，森林会枯萎
大江大河也会随之枯竭
只有白雪皑皑的山峰——
耸立见证着人间的一切

     1988 年 11 月　乌鲁木齐

致塔尔巴哈台

你的群山巍峨
一直从前方寻找梦想
我将缰绳交给遐想
观赏一路的风景

你的一条条大路
犹若经历的岁月
我不曾到达终点
却在这里延续心中的梦想

生活在这里的众人
犹若浩瀚的大海
我来到这片海洋
张开自己热情的怀抱

我游览你的大地你的风景

满心欢喜如痴如醉
我想变成乌云拥抱你的群山
我是否能够如愿以偿

如果我变成瓢泼大雨
你的原野是否将我亲吻
如果原野真的亲吻了我
那我一定欣喜若狂

我会像徜徉的天鹅
展开翅膀在湖面上畅游
如果你不嫌我陌生,向我展开怀抱
我会兴高采烈,欣喜万分

我不会说自己将留在这里
但与你告别一定不太容易
我很想将你的慈爱装在胸间
只可惜无边的慈爱难以盛下

我的遐想之鸟落在山顶
心中依然惆怅,恋恋不舍
虽然我正离你越来越远

但诚挚的祝福永远留存

愿你摘下一簇簇鲜艳的花朵
献给我留作纪念
请将我撒下的一首首诗歌
捡拾起来当成献给你的颂歌

1986 年 10 月　塔城

我是记者

我日日夜夜都执笔写作
但不是因为灵感来袭
报纸是我不朽的生命
点滴之墨也渗透着我的汗水

我不满足于表面文章、走马观花
报纸的版面应该浸满义务和职责
因为总是埋头于白纸黑字
我老眼昏花,黑发变成白丝

尽管书架上没有我的诗集
但生活从不吝啬自己的馈赠
我的报纸收集我所有的作品
像注入大海中的清泉

无冕英雄,有时也会被冷落

也有人对我的荣誉不屑一顾
而我则认为我必须为他人奋斗——
为他人的欢乐奋笔疾书

如果我不写作就会感到愁闷
不会像风助火势一般一路向前
我看到报纸每天发表我的作品
那才是崇高，那才是我的荣耀

我是记者，敏锐而勤奋
但我不是斤斤计较，只顾自我
我发出赞美好人的声音
愿他们不会在历史的氛围中窒息

新闻是我热爱的职业，我的生命
我已经将它当成终生的义务
我为能替时代发声而欣慰
不会感到这样做得不偿失

每个人的初心不尽相同
所笑所哭所高兴也并不一致
我天生就具有这样的一种秉性——

那就是真心对待所有的朋友与至亲

1987 年 3 月　乌鲁木齐

心 声

有一天,脚与手进行了一场对话
脚说是我们组成身体顶起了脑袋
有了手,脑袋先生才光彩万分
有了脚,人才能跨越万水千山

只要脑袋命令我就不会违背
所以脚板我也有了心事
手啊,你也没安宁之日,境况怎样
满腹的牢骚我今日向你倾诉

我品察它眉宇之间,替它梳头
为它修剪胡须,为它洗脸
请支付我劳动的酬金——
我就这样努力并索要回报

有时,我的举动不被接受

脑袋咬牙切齿却说不出话来
脑袋的嫉妒心会作祟，将我指责
我有时也会无端地受到排斥

我这只手想伸多长就伸多长
希望脑袋的威望也日渐提升
我为脑袋工作兢兢业业
但归根结底我需要眼睛的帮助

手这个小可怜也有它的功劳
它也希望大家带上自己一起行动
十根指头不停地为脑袋工作
指甲都被扯裂，很不雅观

没有手与脚，脑袋先生何存
你给它诉苦，舌头偏偏默默不语
随便挥手就像随意射出的子弹
这样将它对待，子弹不会腐烂？

眼睛又能怎样？在脑袋之上
有时会紧紧闭上，当面对真相
看多了就会宽恕许多事情

只求自己能平安地存在

耳朵又有何罪？它听得太多
它有时失落，有时得意
而舌头则使尽其伎俩
煽风点火，用听到的闲话

我们从善如流就会有收获
又会去哪里？手和脚没有自己的悟性
脑袋能教会眼睛宽以待人
也能让舌头习惯说出真相

1988 年 4 月　乌鲁木齐

火一般燃烧的心

我的心像火一般燃烧
从未摆脱胡思乱想,五味杂陈
是否有这样一切安好的岁月
它就像婴儿的酣睡一样恬静

我的心像炭火一样旺盛
它是我的自信,永恒的誓言
你可别像降霜时被打湿的火堆
只是苟延残喘,冒着青烟

我的心像火一样燃烧
不温不火不是我的风格
远大的理想是你赐予的品质
黄金也买不来这样的馈赠

我的心有着冲天的火焰

它火光万丈让生命有力量
谁会怀着怜悯前来询问——
该如何生活，寻找什么样的乐趣

我火一般的心儿与理想是孪生兄弟
每当郁闷每当悔恨我会把心儿找到
凭借着你赐予的人性
我的忠诚像大海辽阔无际

我忠诚于你，从不背叛
生活其实是虚幻，会将人迷惑
我不是毫无来由喧闹之人
就像掉入水中的人拼命挣扎

即便洒上水，心之火焰也不会熄灭
我不认为青春年华已经逝去
没有感悟力，也没有誓言的庸俗之辈
胸无大志，沾沾自喜，不过是行尸走肉

跳动吧，我的心儿，为热爱的生活
我没有用奸诈用俗气玷污你的存在
有些心儿无法容忍他人

只因为心中满是对他人的妒火

火一般的心怀着满满的希冀
总用热情将我真挚地呵护
看到那些性格始终如一的人
心会像鸽子一样欢乐地飞翔

有时心儿毫无来由地急跳
也会平白无故地忧伤叹气
我的心儿像宫殿,像迁徙的队伍
队伍会一直向前,让矮子们嘲笑

心啊,你为什么怦怦直跳
你焦灼着想让我追逐理想
我知道你不会平白无故叹气——
但短绳子打不了结又确是现实

我会在心的引领下
追寻自己的理想
在这种时刻我会欣喜若狂
对你平常的事,对我则是幸福

火一般的心,你是否能将我理解
你火一般的气息给我的生活带来力量
没有桥梁我也不会有任何犹豫
在生活这条河流中我一路向前

1988 年 5 月　乌鲁木齐

我的孙女艾曼

你来到人间的那一天
正是阳光明媚的春日
当你咿咿呀呀露出笑脸
恰是鲜花怒放的时日

但是生活不会永远赐予你——
灿烂的春天和明媚的夏日
会有熬人的严冬，也有异样的风景
呼啸着卷起千堆雪

我的宝贝，你迎着一场大雪
而这也只是突如其来的一幕
这是初次与之相遇
原本如此，大自然的奥秘

蹒跚学步，你摇摇晃晃

你的羽翼渐渐丰满
你来到人间第一次接受了——
生活给你的"严峻"考验

我将诚挚的祝福赐予你
想让你纯洁的心灵得到慰藉
祝福你刚刚踏进雪地的步履
愿你步步踏实,一帆风顺

1988 年 11 月　乌鲁木齐

秋 天

秋天来了,鲜花凋零,一片萧瑟
麦秆也憔悴地低下了头颅
一切都褪去,只剩下累累果实
我的这个秋天胜过所有季节

这是满目疮痍的秋天
但我们并未意懒心灰
我们不会为盛夏逝去而忧郁
更不会对果实累累的秋天失望

不会说灰色的秋天沉闷
不相信秋天没有美的魅力
我的秋天充满仁慈和成果
我深知春天曾赐予它力量

树叶凋零,我们说这是秋天

没有遗憾，我们会在秋天寻找幸福
我们身在秋天可以这么诉说：
四季之首——春天的神奇
只有在金秋才能够领略

有时秋天布满霜花瑟瑟发抖
令人生畏的季节也令人心悸
这个秋天经历了太多太多
只为孕育春天的美丽
岁月无痕怎能记得清楚
我见过无数紧皱眉头的季节
不要排挤我双鬓斑白的秋天
它浑身都带着秋天的意蕴

1989 年 10 月　乌鲁木齐

亲爱的母亲
——写于听到母亲去世噩耗之时

你的身影像松树一般挺拔
你的性格像挂在誓言上的利剑
回忆你度过的八十年生涯
别说是我,山也会恸哭
亲爱的母亲,不知在八十年的岁月中
你多少次欢笑,多少次哭泣
受到生活无情的打击
不知你多少次跌倒,多少次站立
母亲啊,你是女中豪杰
你是上苍为儿女打造的金色殿堂
四十年来为了将一群孩子培养成人
你遭受无数次的苦难与悲伤
没有度过一天无忧无虑的日子
你担心我们遭受不测蒙受不幸
没有一天不担惊受怕
担心骏马失足跌倒在井旁

是否会有青蛙在它耳边喧闹
这样的念头咀嚼着我的心灵
我的日子在躁动不安中度过

1992 年 3 月

岁月之谜

我有十二个客人
会在家中住一阵便离去
一个客人见不到另一个
他们都有各自的奥秘

最后一个客人正在敲我的门
并说自己不会停留,很快离去
我的灯盏还亮着
我常祈求上苍的恩惠

这些客人来了又离去
总有一天会终结我的生命
它们在我身体上留下印记
毁损我曾经的美丽

1993 年　乌鲁木齐

都是同一个人

她燃起的火焰——
气息燎着心儿
鲜花般怒放
娇嫩的根茎歌唱
那就是昨天的我
是崇拜爱情之神奇的我
那燃烧起的火焰
简直能将人烧毁
情不自禁地倒在爱人炽热的怀抱
那些日子是我的最爱
那时我像盛开的花朵
那时我已经趋于成熟
已经有了丰满的神情
那是同一个人,是同一个人
尽管星火已经渐渐熄灭
但依然拥有热度

尽管树叶已经发黄
但树根扎得很深
这就是我的今天，我的今天
是我最热爱的年代
我的小雏鹰们
环绕在我参天大树般的膝下
不管是有朝气的，还是丰满的
还是已经上了年纪的这个人
她们都是，都是同一个人

    1994年　乌鲁木齐

向可可托海致敬

可可托海那些杰出的人
胸怀犹如天空般辽远
为了人民的利益
他们可以付出一切
他们成就着丰功伟业
他们绝不会落伍

聆听着阿肯们的歌声
可可托海的大山也感动
聆听雄辩家们的言辞
可可托海的岩石也发出回声
可可托海在向我问候

你有着八个格栅的宫帐
与美丽的大山媲美
你有着六个格栅的宫帐

与洁白的云朵呼应

可可托海热情洋溢的人民
我第一次来到你们的故乡
在你布满矿山的大地
你们迎接我，将我礼遇

我敬仰你的群山
黛色的山脉蜿蜒
我将乘骑拴在你的门栏
在这片英雄辈出人杰地灵的土地

我们回忆起艰辛的岁月
我们也讲述今天的繁华
但愿让群山呜咽的悲剧
不要再次降临这片土地

我们欢乐融融聚在一堂
我们信心百倍与时俱进
制定发展繁荣大计
落实所有的计划
你们的领导雷厉风行

就像领头羊般前行

兴高采烈由衷地欢欣
请你理解我的心声
就像额尔齐斯河一样清澈
我的心与赞美也如此一般

1994 年 10 月

黄 昏

白日多么短暂
那灿烂迷人的景色
仿佛被暗紫色的黄昏吞没
多么神奇!夏日的黄昏
金色的下颌,银色额头

白日多么短暂
仿佛天与地的距离
在这一刻被拉近
看不到天的边际
也看不到斑驳的云

啊,洋溢着热情的夏日
那令人迷醉的黄昏
仿佛在心中点燃一盏灯
那广袤的世界

仿佛醉卧天际
我的心胸豁然开朗
生命沉浸于惬意

啊，那迷人的夏日黄昏
天空与大地格外分明
久久徘徊不愿离去
落日的眸子凝视着大地

在短暂的暮色黄昏
我邂逅了一种忧郁
仿佛在悠长的日暮
度过长生不老的生命
即便如此，也心有余悸
我怕时间，我怕时间飞逝

　1994 年 12 月　　乌鲁木齐

年轻时谁会祈求幸福

年轻时谁会祈求幸福
那时的人无忧无虑
在最初成为你伴侣的年代
我觉得自己像一座高耸的山

那时我不知理想多么崇高
只认为我深深地爱你
我俩没有片刻犹豫
跳进爱情的烈焰

此生你是我最大的眷恋
我幸福地爱着你和孩子①
托上苍的福,家庭的炊烟

---

① 吐尔逊曾经怀过五个孩子,三个儿子、两个女儿。现在只有一个儿子、两个女儿,两个儿子早年间夭折。

从最初就袅袅向上飘飞

生活的问题与答案没有尽头
对任何人来说都没有头绪
两座山上流出的两股清泉
汇入叫作生活的这条大河

我的生活河流涓涓向前
并没有让幸福的日子不再疲惫
无论轻松还是沉重,一切都已扛起
即便不多,我也有了诉说的机会

1995 年 2 月

理 想

我的心胸像大海般辽远,心绪却黯淡
我不会屈服于缓缓而来的衰老
我常常放飞梦想去向远方
上苍,只愿我的脑袋一直这么清醒

时间没有羁绊我的脚步
我没有改变,依然像从前一样
上苍啊,愿我的双脚安然无恙
生活给了我无数的馈赠

生活像灯盏,有时亮起有时熄灭
世界奸诈,拥有的一切都会被留下
上苍啊,愿双手安然无恙
我会用它接受或送去自己的馈赠

当然,我敏锐的双眼已经迟钝

身体健康是所有人的梦想
眼里没有光泽,生活有什么意义?
人与光芒,休戚与共

1996 年 3 月

电 波

你不是水会涉入茫茫沙漠
你不是风会融入飞扬的尘土
你不会灭不会死
不能被分割不能被践踏
你神奇——
让我们懂得世界的奥秘
懂得科学技术的语言
能汇入我们耳际
能沁入我们心底
因为有了你
才有了骄傲的机遇

电波啊
如果脑海中没有你
你不反映无边无际的世界
那这个世界对于我会显得狭窄

我会度过碌碌无为的日子
随着黎明、落日
被禁锢的梦想能飘飞多远
岁月不会找到方向
我不会如此热爱生活
一生会被白白浪费

虽然我的家很平凡
但有了你我们会放声歌唱
我为和平舒适的时代骄傲
有时觉得自己格外幸福
显得比他人更胜一筹

我坐在陋室放声歌唱
将精神财富注入脑海
有时感到疲惫
两眼昏花
我就会打开收音机
转换频道仔细聆听
认识这个地球
拥戴一个个伟人
向那些不朽的灵魂

低下高贵的头颅
在那一刻，渴求的一切
降临在自己的家中

我那热爱生活的爱人
也不曾丢掉梦想
对作家、诗人和学者——
自信是一种精神的力量
我从你们筑造的知识金殿
聆听无数故事，如痴如醉
我聆听着，观察着——
眼中注满了光泽

你们会问是什么神奇力量抚慰了你
那我回答：神奇的力量是这强大的声音
都来自你们
你们别问为什么，别感到惊诧
我坐在自己家中
过着平凡的生活
但实现了自己——
许许多多的梦想
黎明来临，夜幕卷起

岁月流逝，新世纪传来新的讯息
我要与人们一起欢笑
崇拜真理，理清思绪

我干吗要唠叨心中的忧愤
我应该将缰绳交给遐想
我顿足思索
心中只有一种想法——
如果没有获取你的滋养
听到故乡的消息
故乡又怎会
时时刻刻在我心底？

如果那样——
思绪会落满灰尘
乌云会笼罩脑海
我会变得无知
我的生命节奏——
只因故乡而精彩
这个世界的景象
从我眼前——掠过

我有一双眺望远方的眼睛
心中充满自信
我会摆脱琐碎思绪
我会提起精神
即便一时无法如愿——
我也要争取成为一位学者

    1996 年 12 月 乌鲁木齐

岁月的考验

我挥动六十岁的翅膀
在辽远的蓝天翱翔
我六十岁的温度
像熔化的铅液一样奔腾
我像雄鹰一般飞翔
像火焰一样燃烧
我与知识倾心交谈
我与困难殊死搏斗
我迎着六十岁凛冽寒风
爬冰卧雪一路走来
没有被摧毁
从怯懦颤抖,到勇攀高峰
在年月前被欺骗
受到岁月的考验
我已经登上了山的顶端

尽管它既不是悬崖也不是险峰

1996年 乌鲁木齐

致年轻的夫妇

别热衷于娱乐,要寻求知识
我怕你们落伍,所以谆谆教导
我们的朋友热依斯——
昨天调皮捣蛋的儿子海拉提
今天端上了婚礼香喷喷的肉盘
载歌载舞高高举起酒杯
好孩子是父母的幸福
好父母则是孩子们的大海大山

这盛世始自广袤的草原
时间的骏马不停不息飞奔
是否想过当年那个出门求学的青年
有一天会在首都撑起哈萨克的天穹
我们当然会把这当成骄傲
追求的缰绳不会被扯住
海拉提长大了,成为有识之士

懂得什么是善良,该怎么感恩

青年们这时提出了一个问题
那个在新源长大的姑娘
何以知道这一切
我不想让孩子的提问被忽视
便这样回答了问题——
那么,请你来聆听
朋友库丽泰出自不凡的家庭
她深爱着天山的一个小伙儿
他来自诗圣唐加里克的家乡——
姑娘是金子,小伙子为银
我也是天山的姑娘
也选了这里的小伙儿深爱
只有深知生活真谛的人
才能掂出它的分量
鱼钩能钓到鱼实属不易

胡尔玛西与穆哈买提江都是高峰

沙哈提与艾布玛纳甫是新源的才俊①
认识了他们的才华会肃然起敬
让祝福响起，高举酒杯
今天的美酒不会呛口

哪里会有无法在故乡容身的人
库丽泰已经成长，并享誉故里
但是，但是——
她没有拒绝青年时代的进取心
聪明理智的姑娘崇拜小伙儿
愿你们这一对青年夫妇
也像父辈一样忠于爱情
和和美美，白头偕老

1997 年 2 月　北京

---

① 胡尔玛西、穆哈买提江、沙哈提、艾布玛纳甫都是在北京从事出版、广播、编译等工作的哈萨克族著名知识分子。

婚礼正在进行

热烈祝贺新婚的年轻人
你们的新生活刚刚开始
没有对方,你绝对不会幸福
即便你能顶起高高的天空

今天,生活对你们是开满鲜花的广场
你摘下了最喜欢的一朵花
仿佛你向苍天祈求的一切幸福兑现
热恋的两个人仿佛成为一个
但是,但是,任何时候都不要满足于此

最初只需要爱之伴侣,一个温馨的家
而其他的一切生活自会赐予
梦想是一个又一个山梁
登临这一道山峰又去登另一道

梦想最初是年轻的概念
梦想最初令人迷醉
梦想引领你实现心中愿望
但你们现在还不能明白——
什么最为珍贵

爱情——不是我爱你这样的一句话
爱情甚至不是成婚
爱情是一生一世相敬如宾
是一生一世倾心相谈
爱情是一生一世共渡难关
是一生一世携手向前
直到永远

爱情是无以比拟的神奇
你们要像敬畏上苍一般敬畏
爱情是属于你自己的秘密
它会在你的心间开出花朵
也会折磨你年轻的生命

它是幸福的象征
不会轻易融入你的遐想

它会将所有的欢愉——
汇集在你的尊严与人性

爱情坚不可摧，又让你无法感受——
像割肉般钻心的疼痛
爱情需要温柔来培育
对愚昧与无耻，它无法抵御

爱情是生命的火焰
它将燃烧一生一世
爱情是两人相互慰藉
两个人相互倚靠
在追求爱情的道路上
最可耻的是不能相互珍惜
彼此指责
相互伤害侮辱
是对灵魂的玷污

1997 年

苦涩的遐想

有时,我彻夜难眠
苦涩的遐想翻江倒海
无眠之夜思绪飘飞
让我沉浸于悲伤

想来想去理出头绪
忐忑的情感服从于理智
孩子们是我欢乐的源泉
让我战胜四起的诽谤谣言

*　　*　　*

生活啊,你那么有趣,那么热烈
我在你的海面尽情畅游
话音未落已经开始新的一年
瞬间晃过,又是一个月

生活是不断轮回的旋涡

很难知道它清醒还是混沌

尽管你奔波操劳

也不一定获得任何回报

1997 年 1 月

我的家

我的家
有时显得狭窄,有时显得宽敞
当然如此,世上没有完全的平衡
我的家显得普通
但我的心灵充满激情
如果宽敞,你会为它沉闷
如果狭窄,你也不要去争执
既然走在了一起,就不要斤斤计较
人与人之间的和谐多么美好

我们与对手无数次争辩
这样的争辩有时会导致反目
如果交织的人们擦肩而过
我们会责怪他们弄脏了衣服

永恒的栖身之所当然狭窄

那是替你量身定做的去处
对那些排挤你的人来说
归根结底,有一天他们会悔恨万分

天空之下的大地辽阔无垠
每个人都有不同的命运和经历
那些够及一切的人仍在努力
推动生命之石向上攀登

虽然有了宽敞的房屋,还有财富
但我知道其中也有淡淡的忧伤
等你获得深深的墓穴
你的肩膀不会再被任何人触碰

1997 年　乌鲁木齐

生 活

生活不是大棚里的鲜花
不会春夏秋冬始终开放
会碰到无数坎坷和争执
有时跌倒,有时站起

有时跌倒,有时站起
希望翻过无数山梁
你会像旅人一样疲惫
只好扬鞭痛打身下那匹驽马

每个人对生活都有不同的理解
只有经历过的人才能体悟
活着并去享受当然美好
但是,生活自有——
色彩斑斓的外表
刻薄冷酷的内里

变幻不定的奥秘

生活有时像和蔼的友人
有时又像满怀仇恨的恶人
我们常说这是一条规律
谁又知道生活轮回不停的秉性

    1997 年 乌鲁木齐

那些日子

我手执热爱生活的钥匙
但数次遭小人的倾轧
受到排挤的那些日子
只想一把火烧掉心怀嫉妒的恶人
曾经找不到前行的道路
我在"命令"下倒灰,生火,操劳
认为掌权者之所以赢乃是天命
我就像一峰就范的骆驼,格外殷勤
我对过去的生活很不满意
常常思索自己沉重或轻松的心情
冷与热有没有达到平衡
我的生活一半阳光一半阴郁
忧郁翻腾之时心底的话语才会奔腾
但我并不想再深究其底细
我能觉察出你刁钻的行为
还有找出各种理由推托的方式

你想用在家横行的那一套
玷污我纯洁的心灵
但身正不怕影子歪
你拿我无可奈何
最多不过让我消瘦

    1997 年 乌鲁木齐

春天来了

啊,这是哪一个春天
我不知为何心花怒放
去年的此刻
我身体因病苦而痛彻
难道是它做了错误的算计
怎么会做出这样冷酷的决断
大自然的变化神奇
我不想提起过去的一切

没有,不是季节打错算盘
我终于从病床站起
对我来说,这个季节神奇无比
比起去年此时的痛苦
黎明,春风习习
仿佛原野在歌唱,大地欢笑

洁白的云朵，湛蓝的天空
春光从窗户洒入
也洒在我的心田
我曾经迷失节奏的情感
若风卷残云，如今清新一片
肉体总会有疼痛的时刻
我的精神依旧，情感也没蒙上阴影

灵感啊，你是否感到胆怯陌生
以为我已无力翻越重重关山
疾病最初下达威严的命令
想夺走我手中的笔
以为我无法战胜这场考验
虽然人不会永生
但有什么比活着更是奇迹？

生命那么美好
健康活着的每一天都是欢歌
随着每一个缓缓而临的黎明
我都会精神大振，心潮澎湃
那些怀着春光，天使般的人
带给我比太阳还强烈的温暖

让我振作,滋润我的生命

若我失去笔这扇翅膀
我的情感会变得萧瑟荒芜
若我生病,它也会生病
就像与我是孪生的兄弟
我躺倒了,它也会躺倒
银色的笔尖会失去力量,不再尖锐

疾病让我失去气力
想写却不再奋笔疾书
但我没有失去信念、因此胆怯
让我片刻难安的遐想
定有重见天日的一刻
捡起了丢在地上的那支笔
我这样说,然后继续期盼

    1999 年 5 月 乌鲁木齐

心中的孙子

我期盼了整整九个月
这神奇的诞生
他恼怒地呱呱直叫
刚刚见到这世界,他是否感到陌生
护士剪断他的脐带
将婴儿递到我的手中
手掌盛下了小小的他
我抱起这造物主的杰作
大家聚在一起
迎接了这白璧无瑕的生命

他紧紧地握着两只小小的拳头
难道在说,我一定会成功
我的梦想实现
我没有放下他,不想遂他的意愿

我将他浸在热水中
给他涂抹羊油
小小的婴儿开始哭泣
是否觉得受到了委屈

我将他放进柳木摇篮
他是否知道这样做的必要
他的哭泣多么甜蜜
他想掌控自己
开始晃动身体
他是否能理解这样的时刻
他的不安令人心焦

半夜时分
我从摇篮解下他
将他放在了胸前
解开他被缚的手脚
等于给了他一片草原
仿佛有一只鸟落在胸膛
他沉沉入睡，依偎在胸前
胸前有两颗心
怦怦地一起跳动

我将孙子置放在心底
他后来登上了峰顶①
他登临高峰得到锻炼
得到锻炼的孩子才能实现夙愿

    1999 年　乌鲁木齐

---

① 诗人的孙子艾多斯九岁时参加了在拉萨举行的第六届全国少数民族传统体育运动会,并作为北京市代表队的小队员在五子棋比赛中获得了第二名。

读 诗

我有时很想畅游诗歌的花园
去那里读诗滋润心灵
想与年长或年轻的诗人畅谈
审视一下诗歌的风采
遗憾的是我进不了诗歌的大门
只配站在门边向里面张望
别说突发灵感,仅仅因为激动——
我就会像香蒲一样匍匐在地

我遇到诗歌的帝王
万般无奈,我无法交谈
朋友啊,请告诉我诗句在哪里
你说只有幸福的人才能邂逅
是啊,应该与幸福之人邂逅
难道我手中的笔不幸

找不到邂逅好诗的途径?

1999 年

后 记

沙哈提·贾依帕克

1951年,我与吐尔逊·卓伦别特正值青春年少,就有幸迎来了解放的黎明,这为我们求学创造了绝佳的机会。吐尔逊1934年出生在新疆天山山脉深处的昌吉市阿什里乡,我则于1935年出生在伊犁河谷新源县一个叫作恰克普的地方。谁能想到两个相距遥远的年轻人竟然相聚在乌鲁木齐市,在同一所学校读书学习?

难道这是命运的精心安排,为了使两个完全陌生的年轻人携手度过一生,抑或纯属偶然?谁知道呢。我们这两只山鹰展翅飞到完全陌生的城市,又将向何处飞去?全然不知。

我们有许多共同点:我们都是过早失去父亲的苦孩子,在母亲的呵护下长大成人;跨入学校大门时,年龄也相仿,都是一贫如洗的穷人家的孩子。开始上课时,学校有近两千名学生,教师们都是汉族,我们只能通过翻译来听课。虽然吐尔逊不像我有初中的基础,但她当仁不让,圆满地完成了学业。

在 1951 年 7 月至 1952 年 10 月期间，我们到中共新疆省干部学校（即后来的自治区党校）学习了一年多时间。毕业后，吐尔逊被分配到昌吉市工作，我则被分配到新疆日报社哈萨克文编辑部。

很显然，那个被我们称为鸟儿在羊背上栖息生蛋的安稳时代，为我们这一代人张开怀抱、自由发挥才干提供了充足的条件。我俩虽身处两地，但都收获颇丰。1954 年我们都加入了中国共产党。

从 1952 年到 1955 年，吐尔逊先在昌吉市六区工作，后调入昌吉州委，1956 年又调入新疆日报社哈萨克文编辑部工作，一直工作到 1970 年年初。1970 年至 1984 年，她在北京中央人民广播电台哈萨克语编辑部就职。1984 年到 1992 年，她又重返新疆日报社哈萨克文编辑部，并于 1992 年退休。

命运使我们俩从同学成为同事，又从同事成为伴侣。我们于 1957 年 5 月 1 日成家，并度过了六十多年和睦的生活。吐尔逊是一个很有追求的人，她生性质朴、悲天悯人、踏实勤奋。她非常好学、聪明，很有修养，在哈萨克族民众心中是一个很有名气的诗人、作家与记者。我们刚成家时，她怀着无比喜悦的心情，写下了这样的诗句：

生活的问题与答案没有尽头

> 对任何人来说都没有头绪
> 两座山上流出的两股清泉
> 汇入叫作生活的这条大河
>
> 我的生活河流涓涓向前
> 并没有让幸福的日子不再疲惫
> 无论轻松还是沉重,一切都已扛起
> 即便不多,我也有了诉说的机会

吐尔逊在事业上不断进取。业余时间她还坚持文学创作,写诗、写散文,几十年如一日,从不懈怠。在家里,她为人妻、为人母,是家庭的主心骨。任何时候,她都像珍待自己生命那样珍待我,呵护我、尊重我,甚至宠我,不让我受一点委屈,她曾写过的那篇情真意切的诗歌——《年轻时谁会祈求幸福》,诉说了对我、对这个家的挚爱:

> 此生你是我最大的眷恋
> 我幸福地爱着你和孩子
> 托上苍的福,家庭的炊烟
> 从最初就袅袅向上飘飞

遗憾的是,大自然的规律是严酷的。我失去生活中挚爱的伴侣、共同努力的战友已有一年多了。悲痛每天都咀嚼着我的心灵，令人摧肝折肠。只要想到这些，我都会悲痛绝望、泪水长流。这是人必须经历的过程，但我勇敢地扛起了一切，坚韧地挺了过来。是啊，我无法跟随逝者一同逝去。有时，我简直无法相信她已经离开人间，总觉得她还会回来，因为她频频地出现在我的梦中。

我开始收集整理她以前写的作品，对二十多本日记进行了分类。在家里，不管拉开哪个橱柜、哪个抽屉，都能看到她的遗物，这令人感到无比亲切。有一天，我孤零零地坐在家里，甚至没觉察到自己是如何在一刹那放声痛哭的。过了好一会儿，我才清醒过来，站在书柜前擦去了泪水，并对自己说，今后我再也不会哭了！这时，我看到了书柜里众多的相册，顿时感到心如刀绞，久久无法自持。

哈萨克民族的一位雄辩家曾经这样说过：

坚强的毅力就像一只雄鹰
绝对不会将缰绳交给悲痛
而悲痛就像一条歹毒之蛇
时刻叮咬着你脆弱的心灵

哭泣是一种难以摆脱的痛苦
它会将你推进火堆烧成灰烬

> 然而还有希望、信心与梦想
> 它们会鼓舞你，一路给你力量

我从悲痛中清醒过来后就问自己，你这是怎么了？你不是很坚强吗？你是一个很少流泪的人啊，不要再这样了！你总是劝慰他人：面对苦难，要像钢铁一般坚强。与其伤心哭泣，不如祈求上苍保佑孩子们平安健康。我这样来劝慰自己，但那一刻，我依然恋恋不舍地站在书柜前，一切都显得那么亲切温馨，一切都井井有条。

书柜最上边摆放着她的四部散文集——《记者心迹》《生活足迹》《心灵秘迹》《情感轨迹》，还有一部诗集——《我》。当年，这些作品都是由我编辑润色的。书柜下面一层放着一部文学评论集——《吐尔逊·卓伦别特作品赏析》，还有一部用哈萨克斯坦西里尔文出版的诗集——《铃声清脆》，这是一部中国当代哈萨克族女性诗人作品集，收录了吐尔逊的十几首诗歌。

吐尔逊在新闻事业上数十年如一日地工作了整整四十年。在此期间，她的双足不知涉过多少条河、多少座山、多少城市，她不知与多少不同民族的建设者有过深情交谈，不知流过多少感动感慨的热泪，度过了多少不眠之夜！

文学翻译家哈依夏·塔巴热克将吐尔逊留给我们的珍贵诗歌翻译成汉文，汉文版诗集定名为《你是一条河》，供读者们欣赏。这无疑是促进各民族之间文化交流和互相学习的好事。哈依夏·塔巴热克是吐尔逊生前极为疼爱呵护的孩子，她们之间的感情犹如母女。我们都知道哈依夏·塔巴热克想通过汉译这些诗歌寄托对母亲的哀思，并筑起一道高高的丰碑。为此，我们全家祝她健康长寿，并对她表示诚挚的感谢！

任何一个人都是生活的过客，谁都不可能永生。一个人出生成长、成家立业，然后走向生命的尽头，这是无法抗拒的自然规律。2019年7月31日北京时间凌晨1时20分，吐尔逊·卓伦别特永远离开了我们。我的爱人啊，愿你在天之灵安息！身在天堂！

一本书打开一个世界

欢迎订购、合作

订购电话：0571-85153371

服务热线：0571-85152727

KEY-可以文化

浙江文艺出版社

京东自营店

关注KEY-可以文化、浙江文艺出版社公众号，及浙江文艺出版社京东自营店，随时获取最新图书资讯，享受最优购书福利以及意想不到的作家惊喜